发现隐藏在古诗词里的博物知识

古诗词里的历史典故

历史典故

郭浩瑜 编著

中华书局

图书在版编目(CIP)数据

古诗词里的历史典故/郭浩瑜编著. —北京:中华书局,2021.6
(2025.7 重印)
(古诗词里的博物志)
ISBN 978-7-101-15194-7

Ⅰ.古… Ⅱ.郭… Ⅲ.①古典诗歌-诗歌欣赏-中国-少儿
读物②中国历史-少儿读物 Ⅳ.①I207.2-49②K209

中国版本图书馆 CIP 数据核字(2021)第 090177 号

书 名	古诗词里的历史典故	
编 著 者	郭浩瑜	
绘 画	竞仁文化	
丛 书 名	古诗词里的博物志	
责任编辑	刘晶晶	
责任印制	管 斌	
出版发行	中华书局	
	(北京市丰台区太平桥西里 38 号 100073)	
	http://www.zhbc.com.cn	
	E-mail:zhbc@zhbc.com.cn	
印 刷	大厂回族自治县彩虹印刷有限公司	
版 次	2021 年 6 月第 1 版	
	2025 年 7 月第 5 次印刷	
规 格	开本/880×1230 毫米 1/32	
	印张 5¾ 字数 115 千字	
印 数	21001-24000 册	
国际书号	ISBN 978-7-101-15194-7	
定 价	35.00 元	

前言

要读懂古诗词，须看懂用典

中国是一个诗的国度，从"断竹续竹，飞土逐肉"，到《诗经》《楚辞》，到汉乐府、古诗十九首，魏晋的山水田园诗歌，以及后来甚至以一个朝代来命名的唐诗、宋词、元曲，历朝历代几乎都有其最具典型性的诗歌形式与风格，成为这些朝代的艺术标签。即王国维之所谓"凡一代有一代之文学，楚之骚、汉之赋、六代之骈语、唐之诗、宋之词、元之曲，皆所谓一代之文学，而后世莫能继焉者"。

诗的语言一度成为士大夫们的社交语言，所谓"不学诗，无以言"，《左传》中记载了大量贵族们朝堂上应对的言语，他们不但随时引用《诗经》来酬答，且能出口成诵。唐代更有"以诗取士"的制度，文人们在考试中按照规定的题目和格式作诗，其优秀者可以通过进士科考试，进入仕途。那时候的人通过一首小诗而得到达官贵人的赏识，从而成为文坛大红人的例子是不胜枚举的。

中国的诗歌不但在本土极为繁盛，在其他东方国家乃至西方世界，都有着深远的影响。比如阿倍仲麻吕因为酷爱汉文化，不顾当时海上交通的极度凶险前来中国学习，和李白、王维等人都成了至交好友。读过《红楼梦》的读者应该对大观园里出现的薛宝琴印象深刻。她提到一位西洋女子，学中国的写诗填词，竟也是有模有样："昨夜朱楼梦，今宵水国吟……"可见中国的诗词影响之深远，可以说无远弗届了。

要读懂古诗词或学写古诗词，必须能看懂或学会用典。用典就是诗中援引历史故事、诗词语句或者民间故事、神话传说的一种写作手法，诗人往往借此来抒发感情，表达志向。本书涉及的典故有事典、语典及神话传说。比如宋代女词人李清照的《夏日绝句》就用了项羽乌江自刎的故事，这个属于事典。中国历史源远流长，史书中有大量的人物事迹，古人常常以此入诗。故而要读懂古人的诗句，必须具备一定的历史知识。语典一般是化用前人的语句，可以借此深化诗歌的意境，产生丰富的联想。比如宋代词人姜夔《扬州慢·淮左名都》就化用了很多唐代诗人杜牧的诗句，"过春风十里，尽荠麦青青"来自杜牧《赠别》诗的"春风十里扬州路，卷上珠帘总不如"，"纵豆蔻词工，青楼梦好，难赋深情"来自《赠别》诗的"娉娉袅袅十三余，豆蔻梢头二月初"和《遣怀》诗的"十年一觉扬州梦，赢得青楼薄幸名"，"二十四桥仍在，波心荡，冷月无声"则化用了《寄扬州韩绰判官》的"二十四桥明月夜，玉人何处教吹箫"。神话故事类，比如刘禹锡《酬乐天扬州初逢席上见赠》中的"到乡翻似烂柯人"，就来自南朝梁任昉的《述异记》中所记载的一个神话故事。

为了便于读者更好地读懂古代诗词，这里选择了若干首经典的古诗词，在赏析文学艺术性的基础上，对其中涉及的各类典故进行了详细解释，这些典故也是其他文学作品中较为常见的内容。假如读者可以在此基础上推一知十，举一反三，那么这本书就可以对读者更好地理解诗人所要表达的旨意、体会其委婉含蓄的艺术魅力和思想内容稍有帮助了。

目 录

木 兰 诗

《乐府诗集》

唧唧复唧唧，木兰当户织。不闻机杼声，唯闻女叹息。

问女何所思，问女何所忆。女亦无所思，女亦无所忆。昨夜见军帖，可汗大点兵，军书十二卷，卷卷有爷名。阿爷无大儿，木兰无长兄，愿为市鞍马，从此替爷征。

东市买骏马，西市买鞍鞯（jiān），南市买辔（pèi）头，北市买长鞭。旦辞爷娘去，暮宿黄河边，不闻爷娘唤女声，但闻黄河流水鸣溅溅。旦辞黄河去，暮至黑山头，不闻爷娘唤女声，但闻燕山胡骑鸣啾啾。

万里赴戎机，关山度若飞。朔气传金柝，寒光照铁衣。将军百战死，壮士十年归。

归来见天子，天子坐明堂。策勋十二转，赏赐百千强。可汗问所欲，木兰不用尚书郎，愿驰千里足，送儿还故乡。

爷娘闻女来，出郭相扶将；阿姊闻妹来，当户理红妆；小弟闻姊来，磨刀霍霍向猪羊。开我东阁门，坐我西阁床。脱我战时袍，著我旧时裳。当窗理云鬓，对镜帖花黄。出门看火伴，火伴皆惊忙：同行十二年，不知木兰是女郎。

雄兔脚扑朔，雌兔眼迷离；双兔傍地走，安能辨我是雄雌？

这首长篇叙事诗记录了木兰女扮男装代父从军的故事，赞美了木兰勇敢、善良、孝顺和聪慧的可贵品质。诗歌的第一部分在一片"唧唧"的叹息声中引出了木兰的心事，为了家庭，勇敢的她决定代父从军。第二部分描写了木兰四处购置装备的忙碌，军情紧急，她不得不立即告别家人出发。两个"旦""暮"表明战事紧张，兵行神速。木兰只能在晚上休息的时候挂念父母，思念亲人。第三部分写木兰的征战生活，奔驰万里，铁衣在身，旷日持久的战争打磨着这个弱女子的身躯和意志，让她成长为一个骁勇善战的勇士，并在九死一生之后凯旋。第四部分写木兰不需要赏赐和官职，只希望立即千里奔驰，回到家人的身旁。一方面表现了她不贪慕富贵荣华的高贵品性，一方面也有身为女子的木兰的隐秘心事。第五部分是非常具有生活气息的一段描写，记录了木兰归来时家人喜悦忙碌的状态，也描写了木兰再度恢复女儿身之后，急于用最时兴的妆容打扮自己的心情，一副天真烂漫的女儿情态跃然纸上。接着就是她俏生生站在曾经同生共死的同伴面前的情景，伙伴们惊诧意外、手足无措的情态也是历历如绘，真切动人。诗歌的最后，用双兔傍地奔跑让人难分雌雄的比喻作结，解答了木兰女扮男装这么多年却未被人识破的原因，妙趣横生。这首诗成功地塑造了一位真实可感的巾帼英雄的形象，她在国家和家庭的危难时刻挺身而出，勇敢果决，同时又不失女子的活泼可爱。钟惺、谭元春《古诗归》评价说"英雄本色，却字字不离女儿情事"。也正是由于木兰对国家和家庭的奉献精神，对家人的深深眷恋，使得她在战场上如此沉着勇敢，坚忍不拔。

安能辨我是雄雌：木兰代父从军的多个故事版本

《木兰诗》和《孔雀东南飞》被称为乐府双璧，其重要性不言而喻。然而有关《木兰诗》的创作时代，学界有多种不同的看法。一般认为这是一首北朝民歌。因为它最早见于陈代僧人智匠所编辑的《古今乐录》中，作者已不可考。推测它大约创作于北魏后期，不会晚于陈。后来宋代郭茂倩将其收入《乐府诗集》中，应该是经过了加工润色。诗中称天子为"可汗"，所提到的地点有"黄河""黑山头""燕山"等，所以人们推断此诗写的是北朝时事。

一般判断《木兰诗》所记载的战事可能是发生在北魏和柔然之间。柔然是北方游牧族大国，又称芮芮、茹茹、蠕蠕、蝚蠕等。它的来历也众说纷纭，《魏书·蠕蠕传》认为是"东胡之苗裔""匈奴之裔"等，《宋书·索虏传》《梁书·芮芮传》认为是"匈奴别种"。柔然最鼎盛时期在约公元410—425年，势力遍及大漠南北。与北魏及东魏、北齐曾发生过多次战争，最主要的战场就在黑山和燕然山一带。429年，北魏太武帝北伐柔然，便是"车驾出东道，向黑山""北度燕然山，南北三千里"（《北史·蠕蠕传》）。

北魏孝文帝推进"均田制"，后又迁都洛阳，推动鲜卑族的汉化。比如改穿汉服，说汉语；还把鲜卑姓氏改成汉姓，孝文帝自己的姓都改成了汉人的"元"姓；他还鼓励鲜卑人和汉人通婚。鲜卑人在汉化，边境的汉人也受到了胡人的影响，比如王伯稠《追昔感事八首》有"燕山自古接胡沙，大有胡风入汉家。小妇拍鞍能走马，儿童卷叶学吹笳"。在这样的氛围下，木兰这样的女子善于骑射，在九死一生的战场上杀敌立功也就不是一件不可能的事情了。

关于木兰的生平原本并无史料可查，其姓氏和居处也皆不可考。可是，自从《木兰诗》诞生以后，人们就表现出对这个故事的极大喜爱，为它演绎出各种新的情节。比如给木兰加上了姓氏，说她姓花、姓朱、姓魏，或姓穆。明代邹之麟的《女侠传》说木兰是陕西人，还评价说"若木兰者，亦壮而廉矣。使载之《列女传》，缇萦、曹娥将逊之，蔡姬当低头愧汗，不敢比肩矣"，意思是木兰这样勇敢孝顺，不贪名利，即使是缇萦、曹娥、蔡文姬这些古代著名的奇女子都无法与她相媲美。《凤阳府志》则说木兰是隋朝人，姓魏，亳城东魏村人。隋恭帝时，北方的可汗战事频繁，朝廷募兵，木兰因为父亲羸弱，弟妹年幼，就购买鞍马，准备甲胄，代父从军。经历了十二年，建立奇勋，人们始终都没发现她是女子。凯旋之时，天子嘉奖，授予尚书之职，她不肯接受，回到家乡。这部分内容和《木兰诗》差不多，只是后面还增加了一些情节：同行的伙伴将她女扮男装之事上奏给朝廷，天子想将她纳入后宫，她以死相拒；天子深为赞叹，封她为将军，谥"孝烈"。清代《木兰奇女传》（作者佚名）一共有三十二回，情节就更加丰富了。小说中的木兰是唐朝人，姓朱，家住黄陂。木兰从军十二年，

古诗词里的历史典故

转战千里，屡建战功，被封为将军。后来因为蒙冤，就剖心自杀，唐太宗称她是"忠孝勇烈"。

一千多年后的今天，对木兰故事的小说、影视、动漫的改编依旧长盛不衰。相信木兰这种忠诚、勇敢、孝顺、廉洁的品质依旧会作为人类文化中最为晶莹闪亮的部分被欣赏、被传承。

短歌行

〔汉〕曹操

对酒当歌，人生几何！

譬如朝露，去日苦多。

慨当以慷，忧思难忘。

何以解忧？唯有杜康。

青青子衿，悠悠我心。

但为君故，沉吟至今。

呦呦鹿鸣，食野之苹。

我有嘉宾，鼓瑟吹笙。

明明如月，何时可掇？

忧从中来，不可断绝。

越陌度阡，枉用相存。

契阔谈䜩，心念旧恩。

月明星稀，乌鹊南飞。

绕树三匝，何枝可依？

山不厌高，海不厌深。

周公吐哺，天下归心。

曹操是东汉末年著名的政治家、文学家。这首诗主要是表达自己求贤若渴的愿望，希望人才都能为自己所用。曹操曾经提倡"唯才是举"，发布过"求才三令"。《短歌行》与这些求才令的主旨是一致的。前八句主要叙述自己满心忧虑的状况，只能借酒解忧。人生苦短，必须抓紧时间建功立业。这也是在提醒那些贤才，岁月如朝露一般，流逝得很快，应该赶快寻找机会施展抱负。接下来"青青子衿"四句，作者借用《诗经》中的典故，表达了对贤才的渴望，希望对方看到自己如此热切的渴盼，能主动来投奔自己，所谓"纵我不往，子宁不嗣音"（《诗经·郑风·子衿》）。接下来"呦呦鹿鸣"四句还是用《诗经》的典故，承上四句而来，描写宾主尽欢的宴会，意思是自己一定会对前来投奔自己的贤才待以嘉宾之礼，双方一定会相处融洽。"明明如月"四句进一步表达自己的求才之心不会停止，打消那些尚未来投奔、担心人满为患的人才的顾虑。"越陌度阡"四句，进一步渲染宾主投契的欢宴场面。"月明星稀"四句，通过写景来启发人才，不要再彷徨犹豫，快快择良木而栖。最后四句再次以"山""海"作譬喻，重申自己的态度，人才不论大小，自己都愿意接纳，多多益善。又用"周公吐哺"的典故，表现自己求贤若渴的心情。整首诗运用了比兴的手法，寓情于理，反复咏叹，感染力非常强。虽然是一首政治诗，却带有非常浓厚的抒情色彩。

何以解忧? 唯有杜康: 酒神杜康是有身份的人

　　相传杜康是酒的发明者, 因此后世将杜康尊为酒神, 制酒业则奉杜康为祖师爷。《说文解字》中说: "古者少康初作箕、帚、秫 (shú) 酒。少康, 杜康也。" 秫酒是用秫酿成的酒, 秫指的是黏高粱, 多用来酿酒。杜康, 段玉裁注说杜康就是指少康。这句话是说古代有个叫少康的人发明了畚箕、扫帚和秫酒。这少康, 就是杜康。

　　那么少康是什么人呢? 根据《左传·哀公元年》的记载, 少康是夏代中兴之主。过国的国君浇杀死了夏后相, 夏后相的妻子当时正有孕在身, 逃到娘家有仍国, 生下少康。少康长大以后, 在有仍做了管畜牧的官, 对浇时刻警惕着。浇派人搜捕少康, 少康就逃奔到了有虞国, 在那里做了管庖厨的长官。虞君把两个女儿嫁给了他, 封他在纶邑。他在那里有田有兵, 广施恩德, 开始实施复国计划。少康收集了夏朝的旧部, 安抚他们的官员, 派间谍到浇那边打探情报, 还派人去引诱浇的弟弟。最终灭了过国。《史记·夏本纪》也采用了《左传》的说法。

　　这首诗中还有一个 "周公吐哺" 的典故。"周公吐哺" 典出《史记·鲁周公世家》。据记载, 周公旦, 是周武王的弟弟, 他们的父亲周文王在世的时候, 周公旦非常孝顺, 忠厚仁爱。武王时, 他又辅佐武王伐纣。武王的儿子成王即位时年少, 周公又摄政当国，平定了武庚、管叔、蔡叔之乱。为了镇守东方，又派自己的儿子伯禽代自己去封地鲁国。周公当时告诫自己的儿子伯禽说："我是文王的儿子，武王的弟弟，成王的叔父。对于天下而言，我算是尊贵的人了。但是我洗一次头发时经常要停下来抓着头发，吃一顿饭多次吐出食物，起来招待贤士，这样还怕错过人才呢。你去了鲁国，一定要谨慎治国，不要在百姓面前骄横无礼啊。"后来人们就用"一沐三捉发，一饭三吐哺"来形容渴求贤才，谦恭下士。曹操在这首诗里用这个典故也是为了表达自己求贤若渴的态度。曹操也曾颁布"求才三令"，向天下宣布唯才是举的措施，他这是在向周公旦学习。

归园田居

〔东晋〕陶渊明

少无适俗韵，性本爱丘山。误落尘网中，一去三十年。
羁鸟恋旧林，池鱼思故渊。开荒南野际，守拙归园田。
方宅十余亩，草屋八九间。榆柳荫后檐，桃李罗堂前。
暧暧远人村，依依墟里烟。狗吠深巷中，鸡鸣桑树颠。
户庭无尘杂，虚室有余闲。久在樊笼里，复得返自然。

  这首诗的开头交代了自己从小的性情喜好，自己的本性和山林、田园的生活才是最相适应的。接着追叙自己"误落尘网中"的过往，表达对"久在樊笼里"的厌倦和反感，从而凸显了"返自然"的欣喜和庆幸之情。"羁鸟"两句，诗人用了一个对仗句，比喻自己如同鸟儿属于森林、鱼儿属于池渊一样，本就属于大自然。"开荒"两句回应了自己的天性，自己不擅长官场的钻营手段，却有一套"笨拙"的生活技能。"方宅"四句勾勒了自己简朴的生活环境，虽然极其简陋，但是前有桃李，后有榆柳，美不胜收。"暧暧"四句则用白描的手法，描写了田园生活的静谧美好。邻村离得比较远，所以隐约而安静，只看见一道道炊烟袅袅上升。而此时乡村里响起鸡鸣狗吠之声，则更衬托出环境的宁静平和。这几句有动有静，有近景有远景，画面感很强。"户庭"两句写自己如今完全摆脱了官场生活，"无尘杂""有余闲"，透露出作者愉快自在的生活状态。末尾两句呼应开头并点题，水到渠成，非常自然。这首诗语言质朴清新，明白如画，意境高远拔俗。

少无适俗韵，性本爱丘山：陶渊明不为五斗米折腰

著名的隐逸诗人陶渊明辞官归故里的事迹在《晋书·陶潜传》中有详细记载。陶渊明年少时就心怀高远的志向。知识渊博，文章写得也很好，卓尔不群，有真性情，不喜欢被拘束，乡里人都很敬重他。他曾经写过一篇《五柳先生传》来自比，内容说他家房子旁边有五棵柳树，所以自号五柳先生。五柳先生性情安静，不爱说话；不贪慕名利，喜欢读书，不求甚解；喜欢喝酒，可是家里很穷，不能经常痛痛快快地喝，亲朋好友知道他的爱好，经常置酒招待他，每次他都会喝得大醉。家徒四壁，不能遮挡风雨。衣衫破旧，米桶常常是空的。可是他毫不介意，经常写文章来自娱自乐，抒发志向，以此来度过一生。

因为陶渊明双亲年迈，家境贫寒，于是就去担任州祭酒的官职。但他不能忍受官吏的拘束生活，没几天就辞职回家了。州里任用他为主簿，他不肯去，要亲自种田来养活自己。

后来因为太过辛劳生了病，不得已又去做了官。他对亲朋好友说："想做个官，来挣点儿隐居的钱。"管事的人听了，就聘他做了彭泽县令。

在县里的时候，陶渊明让公田都种上秫谷。秫谷可以用来酿酒，他说："只要我能经常喝个痛快就够了。"他的妻子坚持请求

种上粳。他就下令二顷五十亩的田地种秫，五十亩种粳。他不喜欢拿私事去请求上级，平时比较朴素自尊。郡里派遣督邮（各郡的重要属吏，代表太守去督察县乡的事务）到县上来，陶渊明的下属劝他穿上正式的官服去拜见。他感慨说："我不能为了五斗米的俸禄，去向乡里小儿折了腰杆献殷勤。"于是解下官印辞去官职，离开了彭泽县。

彭泽县令是陶渊明最后一次做官。之后他一直到生命的结束，都是过着隐居的生活，成了中国隐逸诗人之宗，田园诗派鼻祖。

野 望

〔唐〕王 绩

东皋薄暮望，徙倚欲何依。

树树皆秋色，山山唯落晖。

牧人驱犊返，猎马带禽归。

相顾无相识，长歌怀采薇。

　　这首诗写的是诗人闲居山野时的所见。诗风淡雅天然，朴实清新。首联写傍晚时分，诗人站在东皋这个地方远望，心思徘徊，不知所依。接下来的颔联和颈联都是描写傍晚时分所见到的景色：树木全都披上一层秋色，笼罩在夕阳的余晖里，简直就是一幅秋山夕照图；这时候牧人忙着驱赶牛羊回家，猎人带着猎物归来，他们的出现，使得整个画面动了起来，带有浓郁的田园牧歌气息。尾联以"相顾无相识"一句说明，诗人跟牧人和猎人之间根本不相识，他并没有融入这种田园生活。只能借放声高歌来怀古，和古人交友，排遣内心的寂寞孤独。王绩不能像陶渊明那样从田园中找到慰藉，所以最后说："相顾无相识，长歌怀采薇。"这是说自己在现实中孤独无依，只好追怀古代的隐士，和伯夷、叔齐那样的人交交朋友罢了。

相顾无相识，长歌怀采薇：伯夷和叔齐的坚守

　　"采薇"说的是伯夷和叔齐的故事，在《史记·伯夷列传》中有关于二人的历史记载。在司马迁之前已经有一些文献记载二人的事，故而司马迁以《论语·公冶长》中的话来引出对二人的介绍："子曰：'伯夷、叔齐不念旧恶，怨是用希。'"这句话是说伯夷和叔齐不记着别人以前的过错，因此没有什么怨恨。

　　伯夷和叔齐是孤竹君的两个儿子。伯夷是长子，叔齐是三子。孤竹君想把王位传给三子叔齐，而叔齐却在父亲去世后要将王位让给大哥伯夷。伯夷说："这是父亲的遗命啊！"他不肯接受，就逃走了。叔齐也不愿当国君，也离开了。国人只好立孤竹君的第二个儿子为继承人。

　　后来，伯夷和叔齐又恰巧遇到。他们听说姬昌比较仁德，就前去投奔。结果发现姬昌已经去世，他的儿子姬发正率军去讨伐商纣王。兄弟二人扣住武王的马劝谏道："您的父亲去世了，您不好好安葬，反而大动干戈进行战争，这能算孝吗？作为臣子，去攻伐自己的国君，可以算得上仁义吗？"武王的手下想要动手教训这兄弟二人，姜太公阻止说："他们是仁义的人啊！"并让人搀扶着他们两个离开了。

　　最终姬发打败了商纣王，建立了周朝。伯夷、叔齐二人却认为这是可耻的行为，不肯吃周朝的粮食，在首阳山隐居起来，饿

古诗词里的历史典故

了就吃薇草。等到饿得快要死的时候，作了一首歌，歌词为："登彼西山兮，采其薇矣。以暴易暴兮，不知其非矣。神农、虞、夏忽焉没兮，我安适归矣？于嗟徂兮，命之衰矣！"意思是登上那个西山啊，采取那些薇草啊。用暴力来代替暴力啊，那些人不知这是不对的啊，神农、虞舜和夏禹啊，倏忽就离去了啊，我们现在能去往哪里呢？啊，离开啦，命运衰微了啊！歌中的神农、虞舜和夏禹都是远古时代的贤明君主。最终，两兄弟就此饿死在首阳山上。

伯夷、叔齐放弃君位，隐居山林，洁身自好，最后饿死在首阳山上，司马迁对此十分痛心，这大概和他自身的遭遇有很大的关系。不过孔子曾经对此有过一个非常简短的评价："（伯夷、叔齐）求仁而得仁，又何怨？"可见，饿死在首阳山是伯夷和叔齐坚持自己理想的主动选择，他们对此并无遗憾。从这首《野望》看来，王绩似乎是在无奈之下选择隐逸的，他并没有真正融入山林田园之中，其内心是失落沮丧的。

凉 州 词

〔唐〕王之涣

黄河远上白云间，

一片孤城万仞山。

羌笛何须怨杨柳，

春风不度玉门关。

　　此诗前两句写凉州开阔荒凉的景象：黄河远远奔流而去，仿佛在白云之间盘曲缭绕；在绵延不尽的万仞高山之中，将士们所戍守的城堡孤零零地矗立着，显得无比孤寂冷峭。末两句抒写戍守者的哀怨和惆怅：此时不知谁在用羌笛吹奏起那首《折杨柳》，呜呜咽咽回荡在孤寂的城堡上空；其实又何须借笛声来埋怨春光来迟呢，原本玉门关这种极寒之地就是春风也吹不到的呀。"春风"在此一语双关，一方面极言边地气候之寒冷，另一方面也比喻皇帝的恩泽难以施及戍守边关的将士。明代的杨慎在《升庵诗话》里说"此诗言恩泽不及于边塞，所谓君门远于万里也"，就是这个意思。

黄河远上白云间：旗亭画壁拼诗才

　　王之涣是唐代著名诗人，他的诗作常以边塞风光为主题，意境雄浑。当时乐工多以其诗制曲传唱。他传世的六首诗里，以《凉州词》《登鹳雀楼》最出名。

　　有关这首《凉州词》有一个"旗亭画壁"的典故，据唐代薛用弱《集异记》记载，唐玄宗开元年间，诗人王昌龄、高适和王之涣齐名，他们常在一起游玩。有一次，天下着小雪，他们三个到旗亭饮酒聚会。旗亭就是酒楼，那时候酒馆都悬挂着旗子招揽客人，所以叫这个名字。这时有十几个梨园伶人也登楼宴饮，接着又上来四位歌伎，妆饰华贵，容色艳丽。乐曲响起，都是当时流行的曲子。那时候的诗歌也都是谱曲演唱的，王昌龄三人就偷偷约定："我们三个在诗坛齐名，一直没分出高低。眼下正是好机会，可以听听她们唱谁的诗句最多，谁就胜出。"

　　第一位歌伎唱的是"寒雨连江夜入吴……"，正是王昌龄的诗。王昌龄开心地在墙壁上画了一道，说："这是我的绝句一首。"接着第二位歌伎唱的是"开箧泪沾臆……"，高适也伸手在墙上画了一道，高兴地说："我的绝句一首。"过一会儿又一位歌伎唱起了"奉帚平明金殿开……"，王昌龄就在墙壁上画了第二道，并得意地说："又是我的。"

王昌龄　高适　　王之涣

王之涣自认成名已久，不当在其他人之下，就对他们两位说："刚刚这些都是些潦倒落魄的歌者，所唱的无非下里巴人之作。那些阳春白雪曲高和寡的高雅之作，又岂是凡俗歌者能唱得了的！"他自负地指着四位歌伎中姿色气质最出众的一位说："等会这个女子所唱的如果不是我的诗作，那我终生都不敢和你们较量了。但要唱的是我的诗作，嘿嘿，你们就拜我为师好了！"大家一笑，静候这位女子开口。

这位梳着双鬟发髻的绝色女子唱的是"黄河远上白云间……"，正是王之涣的七绝《凉州词》。王之涣就调侃两位诗友说："怎样，两位下里巴人，我说的没错吧？"三位诗人拍手大笑，笑声惊动了那些伶人歌伎，纷纷询问原因。听了诗人的讲述后，歌伎们赶忙行礼下拜，表达仰慕之情。三位诗人应邀和他们纵情欢宴，大醉而归。

这个故事后来称作"旗亭画壁"。从中我们可以看到，唐人喜好作诗，也喜欢谱曲吟唱，其配乐歌唱之风极盛。诗人之间的比赛游戏也洋溢着一种健康向上的风气。王之涣这首《凉州词》固然拔得头筹，另外两位诗人也是才华横溢，王昌龄被后人尊为"七绝圣手"，又有"诗家夫子王江宁"之称；高适则和岑参并称"高岑"，诗作奋进豪迈，笔力雄健。三人皆有盛名，不分高下。这个典故展现了唐代自信开明、豪放豁达的社会风气。

从 军 行

〔唐〕王昌龄

青海长云暗雪山，

孤城遥望玉门关。

黄沙百战穿金甲，

不破楼兰终不还。

  王昌龄是唐代著名的边塞诗人，且以七绝见长，此《从军行》就是一首七绝边塞诗。王昌龄青年时期曾经去过河西、陇右一带，这首诗可能就是那时候的作品。诗的前两句写景，先提到三个地名：青海湖、雪山（祁连山）、玉门关。这三个地方其实并不能一眼都看到，这只是作者极写西北边塞的广袤无垠的一种手法。青海湖的上空层云密布，这云是如此连绵不绝，使得巍巍祁连山都显得光线暗淡了；广漠的大地上只有一座孤零零的城堡玉门关。这就是边塞将士们经常见到的景象，壮阔而荒凉。唐朝时期，唐和吐蕃经常在青海发生战争，而玉门关之外就是突厥的势力范围。因此，首两句实际上说明了青海和玉门关在抵抗吐蕃、突厥战争中的关键作用，也描绘了战争时期阴云密布、剑拔弩张的紧张形势。后两句则直抒胸臆，将士们虽然戍守边关甚久、作战频繁、生活艰苦，但他们以身报国的志向并没有消磨，"不破楼兰终不还"就是他们决心破敌的豪情壮志。

不破楼兰终不还：楼兰国的传奇故事

这首诗提到了一个西域古国"楼兰"。东汉史学家班固的《汉书·西域传》对楼兰国有详细的记载。当时楼兰已经改名为鄯(shàn)善，他们的王住在扜(hàn)泥城，离阳关有一千六百里，距长安城有六千一百里。全国有一千五百七十户，共一万四千一百人。楼兰沙地多，耕田少，楼兰人要去别的国家种田、购买粮食。楼兰盛产玉石、芦苇等。当地人以畜牧为生，逐水草而居。

楼兰国位于汉与匈奴之间。汉武帝派遣使者到西域各国去联络的时候，楼兰国常在使者西行的路上进行截杀，还经常做匈奴的耳目，向匈奴汇报汉使的动向，破坏汉与西域诸国的往来。后来，汉武帝派兵攻破楼兰国，俘虏了楼兰王。

楼兰降服汉朝后，匈奴趁机发兵攻击楼兰。楼兰王不敢反抗，只好让自己的两个儿子分别到汉朝和匈奴为人质。贰师将军李广利进攻大宛的时候，匈奴利用楼兰截击了走在后面的汉使。汉武帝再次派人抓捕了楼兰王，楼兰王感到很委屈，向汉武帝讲述了自己作为一个小国处于两个大国之间的苦楚和为难。他希望汉武帝允许楼兰国民迁居到汉朝境内居住。汉武帝体谅他的处境，就把他送回了国。自此两国交好，楼兰也就疏远了匈奴。

这位楼兰王死后，楼兰国与汉朝、匈奴之间的关系再度出现反复。汉昭帝在位的时候，霍光派傅介子刺杀楼兰王。傅介子到了楼兰，告诉楼兰王汉廷对他有赏，哄得楼兰王很高兴，骗取了他的信任。趁楼兰王喝醉后，傅介子和两名壮士便杀了他，并向众人传达汉廷的谕令："楼兰王对朝廷有罪，皇帝派我来杀他，汉朝的军队马上就到，如果你们轻举妄动，不过是招来灭国之灾罢了！"另立降服了汉朝的尉屠耆为王，改国名为鄯善。汉朝给他刻了印章，赐给他宫女作为夫人，配备了车骑物资，还派人保护他。

后来人们把汉朝平定楼兰国的故事作为杀敌立功的典故，比如唐代张仲素《塞下曲》有"功名耻计擒生数，直斩楼兰报国恩"，宋代张元干《贺新郎·寄李伯纪丞相》有"倚高寒、愁生故国，气吞骄虏。要斩楼兰三尺剑，遗恨琵琶旧语"，明代姚茂良《精忠记·应诏》有"出匣龙泉血未干，平生志气斩楼兰"等。

赠 汪 伦

〔唐〕李 白

李白乘舟将欲行，

忽闻岸上踏歌声。

桃花潭水深千尺，

不及汪伦送我情。

    李白是唐代著名的浪漫主义诗人，他饱览祖国名山大川，结交了许多朋友，也写了很多送友赠别的诗篇，《赠汪伦》就是其中之一。诗歌的前两句为叙事，记叙李白乘船准备出发，忽然听到岸上踏歌之声，他循声望去，原来是友人汪伦前来送行。"忽闻"表明对方的到来李白之前并不知晓，或者对方的送行方式他并不知道，故而这里带着喜出望外的意味。后两句是抒情，"桃花潭"接第一句，说明出发的地点；"汪伦"接第二句，点明踏歌送别的人。诗人以眼前的"桃花潭水深千尺"直接和"汪伦送我情"类比，信手拈来，笔触灵动，语言平淡，情意却坦率深沉。

桃花潭水深千尺：李白的误解与深情

　　宋本《李太白文集》在这首诗题下注解道："白游泾县桃花潭，村人汪伦常酝美酒以待白。伦之裔孙至今宝其诗。"意思说李白曾经游历到安徽泾县的桃花潭，当地村民汪伦知道李白喜欢喝酒，就经常酿造美酒来款待李白。李白临别送了首诗给他，汪伦的后人把这首记录李白和其祖先深厚情谊的诗视为珍宝。

　　关于这首诗，流传着一个"十里桃花，万家酒店"的典故。清代袁枚的《随园诗话补遗》卷六中对这个故事有更详细的记录："唐时汪伦者，泾川豪士也，闻李白将至，修书迎之，诡云：'先

生好游乎？此地有十里桃花。先生好饮乎？此地有万家酒店。'
李欣然至。乃告云：'桃花者，潭水名也，并无桃花；万家者，店
主人姓万也，并无万家酒店。'李大笑，款留数日，赠名马八匹、
官锦十端，而亲送之。李感其意，作《桃花潭》绝句一首。"汪伦
是泾川豪士，任侠豪放。他听说李白要来当地，就给李白写了一
封信，信中说："先生您喜欢游玩吗？本地有十里桃花。先生喜欢
饮酒吗？这里有万家酒店。"李白看到书信，非常高兴，兴冲冲
地就去赴约了。结果到了那里，李白并没有看到所谓十里桃花、
万家酒店的盛景，汪伦就对他说："'桃花'，只是我们这里潭水
的名称罢了，其实并没有十里桃花；'万家'，不过是酒店主人姓
万，并没有一万家酒店。"李白大笑，并不介意。汪伦留李白住下，
精心款待了好几天，还赠予他八匹名马、十端（端是古代帛类的
长度单位）官锦。临走时，汪伦亲自送别。李白感激他相待的情
谊，写了《赠汪伦》这首绝句送给他。

袁枚还说："今潭已壅塞。张惺斋炯题云：'蝉翻一叶坠空林，路指桃花尚可寻。莫怪世人交谊浅，此潭非复旧时深。'"桃花潭如今已经淤塞，虽然旧路还可以看出一些踪迹，但今人的情谊如汪伦和李白的，恐怕少之又少了。这也是后人对两位古人不拘礼俗、真挚自然的友情的一种追慕。

黄鹤楼

〔唐〕崔颢

昔人已乘黄鹤去，此地空余黄鹤楼。

黄鹤一去不复返，白云千载空悠悠。

晴川历历汉阳树，芳草萋萋鹦鹉洲。

日暮乡关何处是？烟波江上使人愁。

    崔颢早期诗作多写闺情，风格浮艳，多轻薄之作；后赴边塞，风格变为慷慨豪放，风骨凛然。《黄鹤楼》就是他晚年时期的名作。诗歌的首联和颔联从黄鹤楼得名由来说起，"昔人""一去不复返"让人顿生逝者如斯夫、时不我待的感慨；"空余""空悠悠"则有一种人去楼空、物是人非的失落。开篇就有一种跨越时空的阔大的境界，也充满了叹古惜今的真挚情感。前两联写传说与往事，颈联则游目骋怀，描写眼前的实景：明媚的日光下汉阳城里的树木清晰可见，鹦鹉洲上芳草青青一片。这茂林、青草、大江、白云、落日和黄鹤一起，现实与想象、实和虚相结合，组成一幅色彩绚烂的画面。尾联写暮色来临，江上烟雾弥漫，游子大起思乡之情，在无限的怅惘之中全诗戛然而止。此诗"神韵超然，绝去斧凿"，备受推崇，南宋严羽《沧浪诗话》对其评价尤其高，他说"唐人七言律诗，当以崔颢《黄鹤楼》为第一"。

此地空余黄鹤楼：天下有没有李白不敢题的诗？

唐人的诸多诗选中，七律部分总以《黄鹤楼》开篇或压卷，它又被称为"唐人七律第一"。之所以名气如此之大，据说和李白的一个传说有关。根据元代辛文房的《唐才子传·崔颢》记载："（崔颢）后游武昌，登黄鹤楼，感慨赋诗。及李白来，曰：'眼前有景道不得，崔颢题诗在上头。'无作而去。"讲的是崔颢游览武昌，登上了黄鹤楼，看到楼上楼下的美景，于是感慨万千，作了这首《黄鹤楼》。后来李白来到黄鹤楼，也被眼前的景色所震撼，同样想在楼上题一首诗，忽然他看到崔颢的《黄鹤楼》，感觉自己想说的都被崔颢说尽，自己难以超越如此优秀的诗作，于是便没有动手写，并说道："眼前有景道不得，崔颢题诗在上头。"李白在唐代的影响力有目共睹，可就是他这样的大诗人在崔颢这首《黄鹤楼》面前也只能叹息搁笔，足见这首诗作水平之高。

不少后人的诗评里也有类似的记录，比如元代方回的《瀛奎律髓》中有"此诗前四句不拘对偶，气势雄大。李白读之，不敢再题此楼，乃去而赋《登金陵凤凰台》也"，明代王世懋的《艺圃撷余》中有"崔郎中作《黄鹤楼》诗，青莲短气，后题《凤凰台》，古今目为敌敌"，等等。"青莲"是指李白的别号青莲居士。

古诗词里的历史典故

也有人认为这个故事属于后人附会，未必是真实的。因为李白创作过不少有关黄鹤楼、江夏和汉阳的诗作，当地也留下了许多有关他的传说和遗址，包括搁笔亭、太白亭等。比如李白写过《鹦鹉洲》："鹦鹉来过吴江水，江上洲传鹦鹉名。鹦鹉西飞陇山去，芳洲之树何青青。烟开兰叶香风暖，岸夹桃花锦浪生。迁客此时徒极目，长洲孤月向谁明。"《黄鹤楼送孟浩然之广陵》："故人西辞黄鹤楼，烟花三月下扬州。孤帆远影碧空尽，唯见长江天际流。"还有《与史郎中钦听黄鹤楼上吹笛》："一为迁客去长沙，西望长安不见家。黄鹤楼中吹玉笛，江城五月落梅花。"但李白对崔颢此诗的喜爱从他的《登金陵凤凰台》对崔诗的效法也足以看出来。"凤凰台上凤凰游，凤去台空江自流。吴宫花草埋幽径，晋代衣冠成古丘。三山半落青天外，二水中分白鹭洲。总为浮云能蔽日，长安不见使人愁。"即便故事是杜撰的，李白对崔颢这首《黄鹤楼》的推崇应该是真实的。

燕 歌 行

〔唐〕高 适

　　开元二十六年，客有从元戎出塞而还者，作《燕歌行》以示，适感征戍之事，因而和焉。

汉家烟尘在东北，汉将辞家破残贼。

男儿本自重横行，天子非常赐颜色。

摐金伐鼓下榆关，旌旆逶迤碣石间。

校尉羽书飞瀚海，单于猎火照狼山。

山川萧条极边土，胡骑凭陵杂风雨。

战士军前半死生，美人帐下犹歌舞！

大漠穷秋塞草腓，孤城落日斗兵稀。

身当恩遇常轻敌，力尽关山未解围。

铁衣远戍辛勤久，玉箸应啼别离后。

少妇城南欲断肠，征人蓟北空回首。

边庭飘飖那可度，绝域苍茫无所有！

杀气三时作阵云，寒声一夜传刁斗。

相看白刃血纷纷，死节从来岂顾勋？

君不见沙场征战苦，至今犹忆李将军！

这首诗叙写了一场战役的过程,前八句先写出征的情况,写男儿如何充满豪情壮志地出发,天子如何奖励提拔。中间八句写战败的经过,用对比的手法写出将领的骄奢轻敌,战士的奋勇杀敌,揭露了将领和战士之间的矛盾,也揭示了战败的原因。"大漠"两句极写边塞景色之衰残,也烘托出落败一方的悲惨心境。"身当恩遇"照应开头,也对败军之将做出了谴责。接下来八句描写士兵的思乡之苦,"欲断肠""空回首"可见"未解围"的将士的绝望。"杀气"两句描写此刻夜间所见之景,所闻之声,更衬托出深陷绝境的将士们的悲惨和无望。末四句总结全篇,饱含对战死沙场的战士们的悲悯,他们如此拼力杀敌,并不是为了个人的功名,而是为了报效国家。但是像汉代李广一样爱护、体谅自己的士兵,和士兵一起同甘共苦的将领又在哪里呢?整首诗在叙事和写景中,融入了非常浓厚的感情,气氛悲壮,主旨深刻,笔力雄健,气势奔放。

至今犹忆李将军：飞将军李广的英勇事迹

李广是西汉时期的名将，他的事迹在《史记·李将军列传》里有详细记载。李广的祖先李信在秦朝的时候担任将领，曾经俘获了燕国的太子丹。李广家世代学习射箭之术。汉文帝十四年的时候，匈奴大举入侵萧关，李广从军，因为善于骑射，斩杀了很多敌人，被提拔为中郎。

汉景帝时，李广被任命为陇西都尉。吴楚叛乱的时候，李广夺取了敌人的旗帜，立下功名。那时候匈奴每天来交战，李广都身先士卒。有大臣见他太拼命，就哭着对皇帝说："李广的才气，天下无双。可是他依仗自己的本事，多次亲自和敌人交战。再这样下去，我们恐怕会失去一位名将了！"于是朝廷调他为上郡太守。

后来匈奴大举进攻上郡，皇帝派了一名中贵人跟从李广治理军队，抗击匈奴。这个中贵人带领几十名骑兵，随意驰骋，结果遇到三个匈奴人。匈奴人不仅射伤了中贵人，还几乎杀光了他的骑兵。中贵人逃到李广那里，李广急忙带领一百多名骑兵追赶那三个匈奴人。走了几十里，终于追上了，李广命令骑兵包抄，他要亲自上前射杀那三人，最后射死两人，活捉一人。这时，他们忽然发现前方有几千名匈奴骑兵。李广的骑兵大为惊恐，不知所措。而李广却十分淡定，他带领士兵故意前行到离匈奴阵地很近的地方，解下马鞍，随地躺卧。匈奴担心有诈，不敢攻击他们，还怕他们趁夜袭击，到半夜就撤离了。李广他们就这样安然回到了军营。

还有一次，李广曾担任将军之职，出雁门关攻击匈奴人。匈奴人多，李广兵败被擒。单于早就知道他很有才干，命令部下遇到李广一定要生擒。当时李广受了伤，匈奴人就让他躺在两匹马中间的网兜里。走了十多里，李广假装昏死过去，使敌人放松警惕。他偷看到旁边一个匈奴少年的马非常好，于是趁其不备，腾地飞身跳到少年的马上，一把将少年推下去，还顺手夺了他的弓箭，打马往南飞驰。匈奴派了数百名骑兵在后面追捕李广，他用抢来的弓箭射杀追兵，终于脱险。

没多久，匈奴又入侵，并杀死辽西太守，打败韩将军。皇帝又召拜李广为右北平太守。匈奴人称李广为"汉家飞将军"，听说是李广来了，闻风丧胆，数年之内，不敢进入右北平。

李广非常神勇，有一次见到草中有块石头，他以为是老虎，一箭射去。走过去一看，原来是石头。因为他这一箭用力很猛，箭头都已经射进石头里了。卢纶有一首《塞下曲》就描绘了这件事："林暗草惊风，将军夜引弓。平明寻白羽，没在石棱中。"

李广为官清廉，待人宽容不严苛。他把得到的赏赐都分给自己的部下。吃饭也和士兵们同甘共苦。带兵打仗最艰苦的时候，士兵们喝不到水，他也不喝；士兵们吃不到饭，他也不吃。部下都很爱戴他，愿意为他所用。

李广一生经历了大大小小七十多次战役，只是一直命运多

舛，没能封侯。他曾跟随大将军卫青出战，结果迷失道路，贻误了军机。已经六十多岁的李广因为不想面对刀笔吏的质询，挥刀自刎。李广为人不善言谈，但他英勇善战，待人谦虚诚恳，很受部下的爱戴，所以司马迁评价他是"桃李不言，下自成蹊"。

闻官军收河南河北

〔唐〕杜 甫

剑外忽传收蓟北，初闻涕泪满衣裳。

却看妻子愁何在，漫卷诗书喜欲狂。

白日放歌须纵酒，青春作伴好还乡。

即从巴峡穿巫峡，便下襄阳向洛阳。

　　杜甫与李白齐名，合称"李杜"，他是唐代著名的现实主义诗人，他的诗作被称为"诗史"。在这首诗里，杜甫直抒胸臆，抒发了自己听到失地收复消息后的狂喜情绪。首联写诗人在剑外忽然得知安史之乱平定的消息，不由得喜极而泣。颔联写诗人回头看到妻子的愁容已一扫而光，自己赶快兴致勃勃地收拾起书卷来。颈联以"放歌""纵酒"来抒发自己的无限喜悦，打算趁着春光明媚鸟语花香的日子回乡去。尾联呼应上一句"还乡"，想象自己顺流而下，一路畅达，水路从巴峡到巫峡，再转陆路从襄阳到洛阳。全诗酣畅淋漓，热情奔放，是杜甫"生平第一首快诗"。

剑外忽传收蓟北：历史的转折点安史之乱

安史之乱指的是公元755年至763年安禄山、史思明发动的一场叛乱，它是唐朝由盛转衰的转折点。

唐玄宗在位后期宠幸外戚，生活奢靡，社会矛盾日益尖锐，而藩镇割据势力越来越强。天宝十四年（755）冬，兵权在握的安禄山以诛杀奸臣杨国忠为名，在范阳起兵叛乱。当时国家太平已久，百姓们许久没有见到战争了，听说安禄山在范阳起兵，个个都惊慌失措。而河北地区都在安禄山的统辖范围内，叛军所过之地的县令不是开门迎接就是弃城而逃，抵抗的也被叛军擒杀，以至叛军很快就占领了河北。起初，唐玄宗并不相信安禄山造反，认为这是讨厌安禄山的人编造的谎言。然而叛军很快渡过黄河，攻下洛阳。第二年，安禄山在洛阳称帝，国号燕。六月，叛军攻潼关，进入长安。

"渔阳鼙（pí）鼓动地来，惊破霓裳羽衣曲"，醉生梦死的唐玄宗只能带着杨贵妃等人仓皇逃离长安，前往蜀地避难。到了马嵬坡的时候，愤怒的六军将士不肯前行，他们认为安禄山造反与杨国忠扰乱朝政有很大关系，于是杀死宰相杨国忠，还逼迫唐玄宗处死杨玉环。

后来太子李亨自行登基，他就是唐肃宗。不久，安庆绪杀死了自己的父亲安禄山。接着，唐朝的将士收回了长安和洛阳，安庆绪退守邺郡（今河南安阳）。不料史思明杀死安庆绪，在范阳称帝，再次攻下洛阳。没过多久，史思明又被他的儿子史朝义所杀。叛军内部不和，多次被唐军打败。在一次战役中，逃跑中的史朝义无路可走，最后在树林中自缢而亡。其余部分叛军也纷纷投降，历时七年多的安史之乱结束。叛乱虽然平定，唐朝却从此由盛转衰，陷入藩镇割据的局面。杜甫在《闻官军收河南河北》中所流露的对政治清明、社会太平的景象的向往终究落了空。

江南逢李龟年

〔唐〕杜 甫

岐王宅里寻常见，

崔九堂前几度闻。

正是江南好风景，

落花时节又逢君。

　　暮春时节，杜甫在潭州遇见唐玄宗时期红极一时的乐师李龟年。诗歌前两句写盛唐时期，风华正茂的李龟年和杜甫都曾经常出入岐王李范和中书监崔九的门庭。杜甫的青春年少与李龟年的盛年受宠和动人歌唱，都是与鼎盛时期的国家命运紧紧联系在一起的。那段回忆代表着青春、浪漫、太平、繁盛。"寻常"和"几度"说明这种青春浪漫和太平繁盛曾经是如此普通，却完全意料不到它有一天变得如此珍贵和难以获得。四十年后的此刻，两个已经白发苍苍、晚景凄凉的老人，面对深深陷入战乱流离的国家，他们有多少伤怀，多少悲痛呢。如此凄凉的晚景，却在"正是江南好风景"的时候，巨大的反差让人更加悲哀和落寞。而"又"字与上文的"寻常见"相呼应，将四十年的沧桑巨变联系在一起，寄寓着今非昔比的深沉感慨。全诗在这里陡然收尾，平淡中蕴含着深悲剧痛。

落花时节又逢君：杜甫和岐王、崔澄、李龟年们

　　唐玄宗喜欢音乐，梨园就是他创建的，李龟年是梨园弟子中的一员。那时王公贵族也有不少文艺爱好者，岐王和崔九就是其中的两个，他们特别喜欢结交文人雅士，故此杜甫有机会加入其

中，得以和李龟年"寻常"相见。

根据《新唐书·三宗诸子传》的记载，岐王本名李隆范，是唐睿宗李旦的第四个儿子，后被封为岐王。他为人好学，擅长书法，喜欢结交朋友。无论贵贱，他都能给予礼遇。他和阎朝隐、刘廷琦、张谔、郑繇等关系很好，常常一起饮酒赋诗。

《新唐书·崔澄传》记载，崔澄本名崔涤，是唐玄宗李隆基给他改的名字。玄宗未即位前曾和崔澄住在同一个里弄，两人关系比较亲近。李隆基出任潞州别驾时，饯行的宾客朋友都在国门就止步了，只有崔澄独自跟随到了华州。玄宗即位以后，因为关系亲近，所以崔澄一直颇为受宠。

《太平广记》引《明皇杂录》记载，在唐开元年间，乐工李龟年、李彭年、李鹤年兄弟三人皆有才名。李彭年善于舞蹈，李鹤年、李龟年则擅长歌唱，曾制《渭川曲》，尤为有名。玄宗对他们恩宠有加，王公贵族给他们的赏赐也颇为丰厚。故而他们可以在东都洛阳大起宅第，其奢华富丽，甚至超越公侯。后来，李龟年流落江南，每逢良辰美景，感怀身世，演唱几曲，听得座中人潸然泪下。杜甫就是在这样的情况下重逢李龟年的。

在和李龟年重遇的这一年的冬天，饱受颠沛流离老病颓唐之苦的杜甫在从潭州到岳州的一条船上离开了人世。

蜀 相

〔唐〕杜 甫

丞相祠堂何处寻，锦官城外柏森森。

映阶碧草自春色，隔叶黄鹂空好音。

三顾频烦天下计，两朝开济老臣心。

出师未捷身先死，长使英雄泪满襟。

　　杜甫在定居成都的时候曾多次前去探访诸葛亮的祠堂。《蜀相》这首诗表达了杜甫对一代贤相诸葛亮深深的崇敬和痛惜之情，也抒发了自己的忧国伤时之感。首联交代祠堂位于成都城内，一个"寻"字表达出诗人对先贤的追慕之情。祠堂外诸葛亮亲手种下的柏树如今已经郁郁葱葱，"树犹如此，人何以堪"，生命长青的柏树反而让人顿生伤感。颔联写祠堂内的景色，一碧一黄，色彩鲜明，春意盎然；一草一鹂，静动相对。而"自""空"两个字用于抒情，流露出即便春光美好，莺啼婉转，而斯人已经逝去，国家岌岌可危，景色再美好再动听也是枉然。颈联用两句话概括诸葛亮的一生，三顾茅庐、隆中对策、辅佐刘备父子，刻画出一个鞠躬尽瘁的贤相忠臣的形象。尾联则感叹诸葛亮六出祁山、九伐中原，最终功业未成，操劳过度而死。这首诗写作的时候，安史之乱尚未平定，杜甫借此表达自己的心愿，希望朝中能有像诸葛亮这样的忠臣来辅佐唐肃宗，挽救大厦将倾的唐王朝。

出师未捷身先死：鞠躬尽瘁的诸葛亮

　　杜甫这首《蜀相》是他寓居成都时所作。成都是三国时期刘备的蜀汉国建都的地方，城西北有武侯祠，是纪念诸葛亮的地方。杜甫造访了武侯祠，写下这首名作。

　　公元221年，刘备在成都称帝，建国号为汉，诸葛亮为丞相。诸葛亮年纪很小的时候就失去了父亲，跟随叔叔生活。他的叔叔过世以后，诸葛亮就靠耕田为生，平日喜欢吟诵《梁父吟》，自比于古代的管仲、乐毅。

　　诸葛亮和徐庶交情很好。徐庶向刘备推荐诸葛亮，说："诸葛孔明此人，是一条潜藏的龙啊。将军您是否愿意去见他一面呢？"刘备说："那就请您带他过来吧。"徐庶说："此人只能您主动去见他，不能让他来屈就您。"就这样，刘备前后往返了三次，终于见到了诸葛亮。

　　刘备让其他人退下，向诸葛亮讨教天下大计。刘备说："现今汉室正处于风雨飘摇之中，奸臣盗取天子的权力，让皇帝受辱。我不自量力，想要伸张正义。可是我计谋浅薄，请问您有什么好计谋呢？"诸葛亮回答说："自从董卓作乱以来，全国各地豪杰蜂起。那些实力雄厚，占据几个州郡的人，不可胜数。曹操和袁绍相比，名气小，人数少。然而曹操能打败袁绍，以弱胜强，这不仅仅是天时所致，也是他善于谋划所成就的。如今曹操已经兵拥百万，挟制天子而号令诸侯，我们不可能在这样的情况下与他一争短长。而江东的孙权也已经经营了三代，地方险要，百姓拥戴，当地的贤能之士也都被他所任用。所以江东之地也只能引为同盟，不可图谋。荆州北据汉水、沔水，享有南海之利，东连吴、会，西通巴、蜀。这个地方可有用武之地的，但它的领主刘表却不能好好据守。这是上天送给将军您的礼物啊！益州之地非常险要，沃野千里，当年高祖就是凭借此地成就帝业的。此地的主人刘璋性情懦弱，将军您可以取而代之。当地张鲁横行北方，刘璋无力弹压。将军您是帝王后裔，以信义闻名四海，又思贤若渴。如果让您占据荆州、益州，凭借其险要，与西边诸戎交好，安抚南边的夷越各族；外结孙权，内修政治。天下政局有变之时，就命令一位大将带领荆州的军队开往宛、洛等地；您自己则带领军队从秦川出发。天下百姓哪个不拿着食盒、汤壶迎接将军的到来呢？如果真能如此，那么霸业可以实现，汉室也能复兴了！"

刘备对诸葛亮提出的三分天下之计非常赞赏，邀请他出山辅助。他对关羽、张飞说："我得到了孔明，就好像鱼得到了水一般。"这一年，诸葛亮年仅二十七岁。从此以后，诸葛亮就跟刘备打天下，一生鞠躬尽瘁，死而后已。他辅佐刘备联合孙权，在赤壁打败了曹操，又平定了荆南，攻下成都，治理蜀地，制定法律。刘备登基以后，诸葛亮就被任命为丞相。

公元223年二月，刘备病重，托付后事给诸葛亮说："丞相您的才能是曹丕的十倍，一定能安邦定国。假如太子值得辅佐，您就辅佐他；假如他庸碌无才干，您可以取而代之。"诸葛亮在病榻前流着泪说："臣一定竭尽所能，尽心尽力辅佐。"刘备又下诏给儿子刘禅说："你和丞相一起共事，要像侍奉父亲一样侍奉他。"

诸葛亮辅佐刘禅同样忠心耿耿,他训练军队,勤修武备,时刻准备出师北伐,完成统一大业。他的前后《出师表》言辞恳切,反复劝勉刘禅继承先主刘备的遗志,广开言路,亲近贤臣,远离奸邪小人,来兴复汉室。公元234年春,诸葛亮带领军队从斜谷出发,据兵五丈原,和司马懿在渭水南边对峙。一百多天后,诸葛亮病重,在军中辞世,享年五十四岁。

蜀军返回成都后,后主刘禅追谥诸葛亮为忠武侯。人们遵诸葛亮的遗命将他葬在汉中定军山,墓穴仅能容纳棺材,且无陪葬物品。子孙自给自足,其家并无余财。

左迁至蓝关示侄孙湘

〔唐〕韩 愈

一封朝奏九重天，夕贬潮州路八千。

欲为圣明除弊事，肯将衰朽惜残年！

云横秦岭家何在？雪拥蓝关马不前。

知汝远来应有意，好收吾骨瘴江边。

　　这首诗首联写自己遭到贬谪的原因，是因为自己写了一封《谏迎佛骨表》而招致厄运。"朝奏""夕贬"说明这个厄运降临之速，"八千里"说明被贬地域之遥远。颔联申明自己的所作所为是正确的，"欲为圣明除弊事"表明自己是为国事尽心尽力才获得这个罪名。尽管如此，仍旧是"肯将衰朽惜残年"，表达自己坚贞不悔的决心。颈联抒写眼前的困厄和心情的悲愤：远离家乡，妻子儿女尚不知身在何处；连马都知道前途遥遥，困难重重，不愿上前。"云横"说明乌云蔽日，前途渺茫；"雪拥"描写天气寒冷，路途艰难。"不前"既是写马，也是写人。因为韩愈显然不放心国事，也牵挂家人，此刻他的心中一定充满愤慨和无奈。尾联表明作者抱着必死的决心，交代韩湘，安排后事。此联照应了"肯将衰朽惜残年"，故而有"风萧萧兮易水寒"的悲壮之感。正如他自己在《谏迎佛骨表》里所说的："佛如有灵，能作祸祟，凡有殃咎，宜加臣身。上天鉴临，臣不怨悔！"

一封朝奏九重天，夕贬潮州路八千：《谏迎佛骨表》说了什么，以致韩愈被贬遥远的潮州

　　根据《新唐书·韩愈传》的记载，韩愈勤奋读书，贯通六经、百家之学，后来中了进士。才华横溢的韩愈为人做事方正，敢于直言。他命运多舛，经常遭遇贬谪，到五十岁才当上刑部侍郎。

　　长安附近的法门寺中有座佛塔，塔中珍藏了释迦牟尼的一节手指骨，称为舍利。每三十年开一次塔，让人们瞻仰舍利。传说每次开塔，都会使国家粮食丰收，人民生活美好。唐宪宗派遣使者前往法门寺迎接佛骨进入皇宫，三天后，再送回佛寺供养。韩愈很不认同这种做法，就上书劝谏，表中说："直以丰年之乐，徇人之心，为京都士庶设诡异之观、戏玩之具耳。安有圣明若此，而肯信此等事哉。"意思是说敬奉佛骨，是由于年成丰足，百姓安居乐业，为顺应人们的心意给京城的士人、百姓设置的景观和游戏玩乐的东西罢了，哪里有圣明的天子会相信佛骨有灵这种事呢。韩愈奉劝皇帝不要这么做。奏章送上去以后，皇帝非常愤怒，想处死韩愈。裴度等人进谏说："韩愈言语无礼，理当处罚。但一个人如果不是心怀至忠，又怎么会做到这一步？希望皇上对他稍加宽待，如此才能引导臣子们进谏。"唐宪宗认为韩愈提到东汉以来信奉佛教的天子都寿命短的这种言论太过于荒谬，绝不可以赦免。于是韩愈终究还是被贬为潮州刺史。

韩愈谏迎佛骨之事，被视为中国历史上儒释之争的一次重大事件。唐代有不少皇帝是佛教的信徒。而不少儒士则为了民族和百姓的利益，发出了反对的声音。这个声音在唐宪宗元和十四年（819）显得格外大，而结局是韩愈差点儿因此丧命，最终被贬到遥远的潮州。《左迁至蓝关示侄孙湘》和《谏迎佛骨表》，一诗一文，表现了韩愈一心为国事尽忠，坚决反对当朝皇帝过于信奉佛教的决心。

酬乐天扬州初逢席上见赠

〔唐〕刘禹锡

巴山楚水凄凉地，二十三年弃置身。

怀旧空吟闻笛赋，到乡翻似烂柯人。

沉舟侧畔千帆过，病树前头万木春。

今日听君歌一曲，暂凭杯酒长精神。

据说这首诗创作于唐敬宗宝历二年（826）。当时刘禹锡返回洛阳，白居易也从苏州回洛阳。途经扬州的时候，二人相遇。白居易作了一首《醉赠刘二十八使君》赠予刘禹锡，其中尾联"亦知合被才名折，二十三年折太多"对刘禹锡的才华表示赞美，也对他多年遭贬的际遇表达了同情和愤慨。刘禹锡这首诗的首联就是紧承此联而来。"凄凉""弃置"中饱含悲伤、沉郁的情感。颔联写自己归来之后，昔日的好友已经去世，更让人悲痛。转眼之间，二十三年过去，物是人非，一切恍若隔世。颈联以"沉舟"和"病树"来比喻自己，呼应了白居易诗中的"举眼风光长寂寞，满朝官职独蹉跎"，但也蕴含着新陈代谢，万象更新的丰富哲理，表现出诗人豁达的气度。全诗的情感在此由沉郁悲伤转为慷慨豪迈。尾联点题，表达对友人的感谢，也进一步表达了自己会振奋精神投入新生活的坚定信念。难怪人们都称刘禹锡为"诗豪"，其个性和诗作的确达观、豪迈。

到乡翻似烂柯人：一局棋引发的世事变迁

"烂柯人"的典故出自南朝梁任昉的《述异记》卷上："信安郡石室山，晋时王质伐木。至，见童子数人，棋而歌，质因听之。童子以一物与质，如枣核，质含之，不觉饥。俄顷，童子谓曰：'何不去？'质起，视斧柯烂尽，既归，无复时人。"

故事说的是信安郡有一座石室山，晋代时有个人叫王质，有一次他去山上砍柴。他到了那里，看到有几个童子，有的在下棋，有的在唱歌。歌声大约不同凡俗，王质竟忘了自己要去砍柴，走上前去倾听起来。童子也不觉得奇怪，还递给他一样食物让他吃。这东西形状像枣核，王质并不认得这是什么东西，就把它含在嘴里，竟然也不再觉得饥饿。

过了一会儿，童子问他："你怎么还不回去？"王质这才站起身来，低头看自己的斧头，木柄都已经烂光了。等他回到家里的时候，发现和他同时代的人也都已经不在了。原来在他观看那几个童子唱歌下棋的"短暂"时光里，人世间已经历了很多年。后来人们常用这个典故指岁月流逝，人事变迁。这座石室山也因此改名为烂柯山。

雁门太守行

〔唐〕李 贺

黑云压城城欲摧，甲光向日金鳞开。

角声满天秋色里，塞上燕脂凝夜紫。

半卷红旗临易水，霜重鼓寒声不起。

报君黄金台上意，提携玉龙为君死。

"雁门太守行"这个题目是汉乐府《相和歌·瑟调曲》旧题，一般人的拟作多用来咏叹征戍之苦，李贺的这首诗则显得比较新颖独特。首联描写了战争即将开始的紧张气氛：敌军兵临城下，如黑云摧城，一个"压"字，把敌军来势汹汹、敌我双方力量悬殊的危急形势渲染出来了，而另一方面，穿着金光闪闪的铠甲的守城将士已经做好准备，将士们并没有因为势单力孤而畏怯后退，他们正披坚执锐，严阵以待。颔联从听觉和视觉两个角度凸显了战斗的残酷和悲壮气氛。颈联写出驰援部队降临易水的过程，用典故表明战士们怀着"风萧萧兮易水寒，壮士一去兮不复还"的决心，而"霜重""鼓寒"进一步渲染了气候环境的艰苦，战斗依然处于胶着状态，困难重重。尾联却用黄金台的典故说明了将士们坚决报效国家，不畏艰难的决心。这首诗最奇特之处在于李贺用了大量表示颜色的词语，"黑云""燕脂""紫""红旗"，还有"甲光""日""金鳞"等。诗人用这些冲击力极为强烈的颜色，描写了一幅悲壮惨烈的战斗画面。

半卷红旗临易水：荆轲的慷慨与悲壮

易水，在今河北省西部，源出易县境内，流入南拒马河。战国时期，燕太子丹在此地饯别荆轲，送他入秦刺杀秦王嬴政。荆轲刺秦王的故事在《战国策·燕策》和《史记·刺客列传》中都有比较详细的记载。因为《史记》不但记录了刺秦的前因后果，还记载了荆轲的来历，我们就以它的《刺客列传》的内容为依据来了解一下荆轲和易水的故事吧。

荆轲是卫国人，喜欢读书击剑，文武双全，还喜欢结交英雄豪杰，善于击筑的高渐离也是他的好朋友。当时弱小的燕国正面临被秦国灭亡的危险。在燕太子丹一筹莫展之际，燕国一位隐士田光把荆轲推荐给了他。太子丹待荆轲以上卿之礼，倾其所有来厚待他，希望荆轲可以前往秦国刺杀秦王。很快，秦将王翦攻破赵国，逼近燕国南部边境。形势危急，太子丹非常恐惧，请求荆轲赶快行动。

为了找机会得到秦王的接见，荆轲请求得到秦国叛将樊於期将军的头颅和燕国督亢地区的地图。逃到燕国的樊於期得知荆轲的计划，毫不犹豫地慷慨赴死。太子丹又为荆轲花重金购买了赵国徐夫人（人名）的匕首，淬上毒药，还为他安排了一名勇士秦武阳（亦作秦舞阳）做助手。

一切准备停当，太子和其他知情的宾客都来易水之滨送别荆轲一行。当时大家都明知荆轲此去，无论成功与否，都将杀身成仁，故而大家一色白衣白冠，神色悲壮。祭过路神之后，高渐离击筑，荆轲和之，音调凄怆苍凉。送行之人都纷纷流泪，唱着："风萧萧兮易水寒，壮士一去兮不复还！"一时众人壮怀激烈。荆轲在众人的注视中上了车，昂然而去。马车渐行渐远，他始终没有回头望一眼。

荆轲到了秦国，如众人所知，他最终未能成功，血染秦宫。而秦王也大发雷霆，立即派兵攻打燕国。燕王无奈，派人刺杀太子丹。五年后，秦国终于灭掉燕国，俘虏了燕王。

这首诗中还包含一个关于黄金台的历史典故。"报君黄金台上意"，"黄金台"又叫金台、燕台，故址在今河北省易水县境内。故事的前因后果记载在《史记·燕召公世家》中。

燕昭公即位之前，燕国发生了严重的内乱，同时也遭到了齐国的进攻。昭王就是在这样内忧外患的情况下登上了历史舞台。他打算用谦恭的态度和丰厚的钱财来招揽贤才，振兴燕国。

燕昭王对郭隗说："齐国竟然趁我们国内动乱来袭击我们，破坏我们的国家。我深知我们燕国人少力弱，不足以报仇。但假如能得到贤才的辅佐，能一雪先王的耻辱，这实在是我梦寐以求的心愿。先生您看有什么可以推荐的人士，我一定好好对待他！"郭隗说："大王您若是想招揽贤士，就先从臣这里开始吧。像我这样的人都能得到大王您的厚待，那比我更贤能的人，一定会不远千里前来燕国请求大王的任用的。"燕昭王认同了他的看法，给郭隗建造了华美的房屋，以老师之礼对待他。据说燕昭王还为他筑了一座台，上面铺着黄金，所以称为"黄金台"。

果然，天下的贤才都来了。乐毅从魏国赶来，邹衍自齐国而来，剧辛则从赵国前去……贤士们争先恐后地奔赴燕国。燕国一下子变得人才济济了。

到昭王二十八年的时候，燕国国富民强，士兵都乐于出战。燕王发兵讨伐齐国，一举得胜。从此人们就用"黄金台"来指称招揽贤良的地方。

古诗词里的历史典故

李凭箜篌引

〔唐〕李 贺

吴丝蜀桐张高秋，空山凝云颓不流。

江娥啼竹素女愁，李凭中国弹箜篌。

昆山玉碎凤凰叫，芙蓉泣露香兰笑。

十二门前融冷光，二十三丝动紫皇。

女娲炼石补天处，石破天惊逗秋雨。

梦入神山教神妪，老鱼跳波瘦蛟舞。

吴质不眠倚桂树，露脚斜飞湿寒兔。

  本诗前四句用神奇的笔墨来引出李凭此人。先写吴丝蜀桐，说明箜篌的质地精美，制作精良，以物来衬托人。接着诗人用充满想象力的比喻，渲染了李凭音乐非同一般的感染力，第四句才交代出演奏者的名字。接下来第五句到十二句从声音、乐声效果等角度描写李凭的演奏情况。乐声清脆舒扬、清丽动人，长安十二道门前的寒冷的夜光都被这箜篌声所融化，连上居天庭的君王都被感动了。史前的女娲、神山上的老妪、深海中的鱼蛟，都在这乐声中沉迷陶醉，忘乎所以。诗作用大胆而出其不意的比喻，把读者带到一个时空辽远、神奇瑰丽的世界，让人拍案叫绝。最后两句暗示虽然曲终人散，然余音绕梁，让人久久回味，以至于吴刚和玉兔都还沉浸在乐声的余韵中，忘记睡眠，一任露水打湿了身体，感觉不到寒意袭人。这首诗想象奇特，用典瑰奇，充满浪漫主义色彩。

江娥啼竹素女愁：湘妃竹的传说

"江娥啼竹"是指舜崩后，娥皇和女英两位妃子啼哭，以泪洒竹。据说娥皇和女英是尧的两个女儿。尧年老的时候，想找一个继承人，臣子们推荐了舜。舜的生母死得早，他父亲很糊涂，后母常常虐待他，后母生的弟弟也很骄纵。他们对舜都很恶劣，舜却能和善地对待他们，所以众人都认为他德行很好。相传为了考察舜，尧把两个女儿嫁给了他，这两个女儿就是娥皇、女英。后来，尧觉得舜的确是一个贤能的人，就把帝位禅让给了他。

据传舜在南巡的时候去世了，娥皇和女英非常伤心，她们在湘水边上痛哭。泪水一滴滴洒在江边的竹子上，留下斑斑泪痕，从此这竹子就叫斑竹、湘妃竹。传说娥皇和女英后来投湘水而死，人们称她们为"湘妃"或"湘夫人"。

"女娲炼石补天"讲的是女娲补天的故事。女娲，传说是伏羲的妹妹，人首蛇身；也有一种说法说她是夏禹之妃，涂山氏之女。传说她曾用黄土造人，故而被视为人类的始祖。

　　《淮南子·览冥训》记载了一个女娲补天的故事。在很久很久以前，支撑天地四方的柱子倒塌了，大地裂开了。天空千疮百孔，不能覆盖大地；大地四分五裂，无法容载万物。当时大火蔓延，很久都不熄灭。与此同时，洪水泛滥，很长时间也没有停息。凶猛的野兽和禽鸟出没，攫食老人和小孩。人类的生活苦不堪言。

　　这时候女娲出现了，她冶炼出了一种五色的石头，用来修补苍天；又砍断一只巨龟的四足，用以代替倒塌的柱子支撑天

古诗词里的历史典故

空；她杀死了为害冀州的黑龙，还用芦草烧成的灰堵住了泛滥的洪水。

　　在女娲的努力下，苍天终于修补完好，四方的柱子巍然屹立，洪水消退了，猛兽被杀死了，冀州太平了，百姓们恢复了安宁的生活。

泊秦淮

〔唐〕杜 牧

烟笼寒水月笼沙，

夜泊秦淮近酒家。

商女不知亡国恨，

隔江犹唱后庭花。

　　杜牧与李商隐合称"小李杜"，是晚唐时期的著名诗人。生活在国家走向没落的晚唐时代，他一生致力于拯救唐王朝，提出了许多治国安民的主张。他的诗作有不少反映了社会黑暗、朝廷昏乱和苟安的现象。本诗前两句写秦淮夜景，后两句抒发感慨，借陈后主因追求荒淫享乐终至亡国的历史，讽刺那些不从中吸取教训而醉生梦死的晚唐统治者，表现了作者对国家命运的无比关怀和深切忧虑的情怀。

商女不知亡国恨，隔江犹唱后庭花：《玉树后庭花》为什么被当作亡国之音？

《玉树后庭花》的作者据说是南朝陈后主陈叔宝，诗的具体内容是："丽宇芳林对高阁，新装艳质本倾城。映户凝娇乍不进，出帷含态笑相迎。妖姬脸似花含露，玉树流光照后庭。花开花落不长久，落红满地归寂中。"此诗据说是描写其所宠爱的妃子张丽华等人之美貌的。

张丽华出身贫寒，陈叔宝做太子的时候把她选入宫中，后来得到陈叔宝的宠幸，生下陈深。陈叔宝即位后，封张丽华为贵妃，立陈深为太子。张贵妃为人聪慧，善于拉拢关系，还喜欢利用鬼神之道魅惑陈后主，因此深受宠爱。据说陈后主刚即位的时候，因为陈叔陵之乱而受伤，他躺在屋内，其他妃嫔都不能进去，只有张贵妃一人可以在旁伺候。

荒淫腐朽的陈后主还在光照殿前建起临春、结绮、望仙三阁。阁楼高达数丈，共有几十间房。阁楼的窗户、横梁、栏杆等，用的全是上等的檀香木，还有金玉、珍珠、翡翠等装饰，极尽奢靡华贵。每当微风吹来，香气氤氲，远飘数里。在阁楼的下面，有假山、水池，还种植着各色奇花异草。

后主住临春阁，张贵妃住结绮阁，龚、孔二贵妃住望仙阁，三阁之间有通道往来。

古诗词里的历史典故

陈后主喜欢任用有文才的宫女担任女学士。他带着宠爱的妃子们饮酒作乐，让女官和女学士赋诵新诗，互相酬答，选择其中文辞华丽的配曲作乐，再挑漂亮的宫女轮流表演。其中就有《玉树后庭花》《临春乐》等，歌词多是称颂张贵妃等人的美貌的，诸如"璧月夜夜满，琼树朝朝新"之类。

张贵妃头发长达七尺，光可鉴人，且姿容秀丽，顾盼神飞。朝廷百官启奏，懒于政事的后主竟把张贵妃抱在膝上共同决断。

张贵妃权倾天下，朝廷充满了腐朽糜烂的风气。当隋朝的军队攻陷台城的时候，后主带着张贵妃等人躲在井中。晋王杨广下令杀死张贵妃，挂在青溪中桥。

荒淫的陈后主和张贵妃随着陈的灭亡都成了历史，而这首《玉树后庭花》则因为他们的命运及歌词中"花开花落不长久"的预言而被当作"亡国之音"。

赤 壁

〔唐〕杜 牧

折戟沉沙铁未销，

自将磨洗认前朝。

东风不与周郎便，

铜雀春深锁二乔。

    这首诗是杜牧在担任黄州刺史的时候创作的。前两句不从眼前的风景入手，而以一件出土的折戟兴起对前朝人物和事迹的慨叹，构思非常巧妙。末尾两句是作者的议论所在。同样是不从正面赞誉孙刘联军以少胜多，而从反面提出假设。赤壁之战是周瑜利用了火攻的方式击败了数量上占有绝对优势的曹魏大军。火攻必须利用东风这个自然条件，诗人就用这个做文章，评价说假如没有东风给周郎方便的话，胜败的结果可能会不一样，曹操就成了胜利的一方。战局倒转的结果，那就是二乔被曹操掳去，深锁在铜雀台。因为杜牧在这里强调了外在因素对战争胜负的影响，引发后人不少批评。其实杜牧颇有经邦治国之才，文韬武略，不可能不知道"天时""地利""人和"之间的关系，不可能不明白主观因素在这次战争中的巨大作用，他这样写无非是借史来发泄心中的不平之气。

东风不与周郎便，铜雀春深锁二乔：充满智谋的赤壁之战

根据《三国志·吴书·周瑜传》的记载，周瑜字公瑾，庐江舒县人。他身材高大修长，风姿俊美。周瑜和孙坚的儿子孙策同年，两人交情深厚。后来周瑜就跟随孙策打天下。

建安十三年九月，曹操攻下荆州，刘琮率部众投降。此时，曹操得到了刘琮的水军，加起来有几十万人之多。东吴的将士对此感到十分惊惧。这时候的东吴主已经是孙策的弟弟孙权，他对于是否出战也是犹豫不决，便召集部下商量对策。大家都认为敌众我寡，不如投降。只有周瑜主战，他对孙权说："曹操虽名为汉相，实为汉贼！而将军您英明神武，又有父兄的伟业。拥有江东，占地几千里。兵马强壮，粮食充足，应当为国家铲除奸邪。"他为孙权分析了当前的局势，认为曹操在北方还有后患，加上曹军远途跋涉，早已疲惫不堪，而且他们不善于水战，又缺乏粮草。他还指出曹操所得的降军七八万人，人心并不向曹。此刻打败曹操，是最好的时机。周瑜自荐带三万精兵抵抗曹军，孙权这才下定决心。周瑜带着精兵，来到夏口，准备和曹操决一死战。而此时刘备刚被曹操打败，在当阳和鲁肃相遇，于是共同商量如何打败曹操。孙权派周瑜等人与刘备一起攻打曹操，孙刘两军正好在赤壁与曹军相遇。

古诗词里的历史典故

因为曹军早有不少士兵已经染上时疫，所以刚一交战，曹军就败退到了长江北岸。周瑜等驻军长江南岸。为了让士兵在船上也如在平地一样可以训练，曹操下令将战船首尾连接起来。周瑜的部将黄盖看到后建议说："敌众我寡，不能进行持久战。我看曹军战船首尾相连，可以用火攻。"于是周瑜调拨几十艘大船，装满柴草，浇上油膏，再罩上帷幕遮盖，上面插上牙旗。让黄盖写信给曹操，骗他说要投降。他们还准备了一些轻便快捷的小船系在大船的尾后。当时正是东南风，黄盖将大船排在最前面，到江心时升起船帆，顺着风，其他船在后依次前进。曹军都出来围观黄盖投降。离曹军还有二里多远的时候，黄盖解开小船，把大船都点火烧起来。当时风势很大，大火迅速蔓延江北，烧到岸上的曹军营寨。一时之间，火焰张天，曹军人马被烧死淹死者不计其数。全军败退，刘备和周瑜等又追击，曹操只好退回北方。

　　赤壁之战，孙权和刘备联军打败了不可一世的曹魏大军，奠定了三国鼎立的基础。这其中，周瑜可以说功劳很大。后来明代的小说《三国演义》把历史上不少周瑜的事迹和功劳算到了诸葛亮头上，这不过是小说家的一种艺术创作。

贾 生

〔唐〕李商隐

宣室求贤访逐臣，

贾生才调更无伦。

可怜夜半虚前席，

不问苍生问鬼神。

《贾生》是一首咏史诗，借贾谊怀才不遇的遭遇，抒发个人的感慨。前两句写汉文帝把被贬的贾谊从长沙召回，秘密地在宣室接见了他，还称赞说贾生的才华无与伦比。文帝如此郑重其事，又是"求"又是"访"，表现出了文帝对贾谊的重视。"更无伦"亦足见文帝对他的推崇。第三句，"夜半"说明见面的时间之久，"前席"描写汉文帝在交谈中情不自禁地和贾谊越靠越近的状态，说明他的态度也是诚恳而热切的，然而这句中的"可怜"和"虚"却似乎有所暗示，隐含着作者的嘲讽，为末句张本。接着第四句终于揭示出这所谓"诚恳而热切"的态度背后的真相，原来汉文帝向贾谊请教的内容不过是鬼神方面的事情。贾谊纵然满腹经纶，遇到文帝这种舍本逐末、昏庸无能的皇帝，也只能徒呼奈何。此诗借古讽今，批判了晚唐统治者崇佛媚道、荒于政事、不顾民生的昏庸行径，也感叹了古今贤士怀才不遇的境遇。

宣室求贤访逐臣，贾生才调更无伦：汉文帝与贾谊深夜促膝长谈

　　《史记·屈原贾生列传》中记载了贾谊的事迹，称他为"贾生"。贾谊是洛阳人，十八岁的时候就凭借其能诵读诗书、撰写文章而闻名于当地。贾谊二十多岁时，被任命为博士之职，在博士中最为年轻。皇帝召见各位博士，让他们议论国事，只有贾谊能从容应对。汉文帝非常喜欢他，破格提拔他为太中大夫。

　　贾谊认为汉朝此时天下太平，正是改历法、易服色、立制度、定官名、兴礼乐的时候，于是提出了许多举措和观点。他草拟各种仪法，崇尚黄色，遵用五行之说，创设官名，变更了秦朝的旧法。他还给汉文帝写了一篇奏章《论积贮疏》，提出要重视农业发展，加强粮食贮备。政治上他还主张让列侯离开京城去自己的封地。汉文帝曾想提拔贾谊担任公卿之职，但遭到了其他大臣的反对。他们诽谤贾谊想独揽权力，于是文帝逐渐疏远贾谊，不再采纳他的意见。后来他被外放为长沙王太傅。失意的贾谊前往长沙赴任，经过湘水，写下《吊屈原赋》，凭吊了屈原这位和自己有共同遭遇的古人，并抒发了自己的怨愤之情。

　　后来文帝又召贾谊回京。召见在宣室进行，文帝就鬼神之事咨询贾谊，询问鬼神的本原，贾谊抓住这个机会讲述了许多相关的事理。不知不觉，两人聊到了半夜，文帝听得入神，跪坐的

膝盖一直往前移动,向贾谊靠近。这场畅谈结束之后,文帝说:"我好久都没见贾谊了,自以为能超越他了。现在看起来,还是比不上他啊。"虽然如此,文帝并没有让贾谊回京任职。

古诗词里的历史典故

过了没多久，文帝又任命贾谊为梁怀王太傅。梁怀王是文帝的小儿子，非常受宠，又好读书，所以让贾谊当他的老师。

此时文帝又封了淮南厉王四个儿子为列侯。贾谊为此屡屡上书劝谏，认为这是国家的祸患，应该逐渐削减诸侯封地。文帝却不肯听从。几年后，梁怀王骑马时不慎摔死，贾谊认为是自己没有尽到辅佐的责任，常常哭泣，郁郁而终。死时才三十三岁。

贾谊年少才高，关心国事，敢于进谏，却遭朝臣排挤，被皇帝贬逐，最后抑郁而亡。《史记》的作者司马迁为他和屈原撰写了一篇合传，认为二者有许多共同之处。这样的人一生值得写的题材很多，但李商隐选择了汉文帝在贾谊被贬之后再度召回，在宣室深谈至半夜的情形。表面看起来，这似乎是一场君臣遇合的盛事，实际上却正表现了贾谊等一干贤士的政治才能不受重视的悲惨境遇，也是李商隐对自己坎坷一生的无尽悲叹。

无　题

〔唐〕李商隐

相见时难别亦难，东风无力百花残。

春蚕到死丝方尽，蜡炬成灰泪始干。

晓镜但愁云鬓改，夜吟应觉月光寒。

蓬山此去无多路，青鸟殷勤为探看。

　　这首《无题》是一首爱情诗。首联借春风无力、百花凋残的景色抒发了相爱之人的悲伤和失落。连用两个"难"字，第一个"难"是写见面的难得和不易，可以推想无法相见时两人饱受相思的煎熬；第二个"难"写好不容易见面后又不得不分离，可想而知他们又是如何的难舍难分。然而这样的分别却又恰好是在落花时节，春意衰残，群芳凋零，让人更增感伤。颔联用"春蚕"和"蜡炬"比喻生死相许的相思与爱情，其中虽有相见无期的绝望和哀伤，但更多的是至死方休的缠绵和眷恋。颈联从女子的角度来写相思之苦。早晨起来她揽镜自照，担心自己因为相思的折磨而容颜憔悴；她深夜独自徘徊在月光下，孤寂和悲伤让她觉得无比寒凉。作者从对方的心思入手，足见二人虽不能相见，却灵犀一点心心相印。尾联写无法会面的二人，只能借神话故事，央求青鸟去探望自己的心上人，为自己殷勤致意。

蓬山此去无多路，青鸟殷勤为探看：青鸟是如何成为信使的？

  青鸟的典故出自《山海经·西山经》中"又西二百二十里，曰三危之山，三青鸟居之"的记载，郭璞注释说"三青鸟主为西王母取食者，别自栖息于此山也"，意思是说青鸟是为西王母取食的使者，栖息在三危山上。

  《汉武故事》中说，汉武帝喜欢求仙访道，有一次西王母派遣使者对汉武帝说七月七日将前来武帝宫苑。到了那天，武帝派人打扫宫内，点燃九华灯，在承华殿斋戒。等到正午的时候，就看到有青鸟从西边飞来，停在大殿之前。汉武帝问东方朔这是怎么回事，东方朔回答说："西王母傍晚的时候一定会来到，我们最好洒扫庭除，等待她的到来。"汉武帝命人摆设帷帐，点上兜渠国所献的兜末香。这香如豆一般大，数百里之外都能闻到。这天晚上天空明明万里无云，却听得仿佛有雷声轰轰，声音越来越近，忽然漫天紫色，原来是西王母驾临。她乘坐着玉女驾的马车，车身是紫色的，车轮滚滚如雷。有两只青鸟，形如乌鸦，一左一右站在西王母的身旁。传说西王母有三只青鸟，一只为信使，前来向汉武帝报信，剩下的两只伴随在西王母左右，服侍西王母。

  西王母下车以后，汉武帝赶紧上前拜迎，请西王母上座，并借此机会求不死之药。西王母说："最上等的药是中华紫蜜、云山朱蜜、玉液金浆，其次是五云之浆、风实、云子、玄霜、绛雪。你贪恋凡尘，欲望不止，不死之药，恐怕无法获得。"西王母拿出七个仙桃，自己吃了两个，给了汉武帝五个。汉武帝吃完后把桃核放在身前，西王母疑惑地问他："你这是打算做什么呢？"汉武帝说："这个桃子味道很好，我想留下桃核来种植。"王母笑道："这个桃子三千年才结果，不是凡间的土地所能种植的。"西王母留到五更，与汉武帝讨论各种事情，却偏不肯论及汉武帝最关心的鬼神之事。此时，西王母发现东方朔在窗户那里偷看，就对汉武帝说："这个家伙狂悖无赖，被上天责罚，来到人间。不过他本性不坏，不久就会返回天上，你好好待他。"说完就离开了，汉武帝为此惆怅良久。

在这个故事里，青鸟作为西王母的使者出现。从此，在文人的作品里青鸟就经常作为信使的代名词出现了。

锦 瑟

〔唐〕李商隐

锦瑟无端五十弦，一弦一柱思华年。

庄生晓梦迷蝴蝶，望帝春心托杜鹃。

沧海月明珠有泪，蓝田日暖玉生烟。

此情可待成追忆？只是当时已惘然。

　　《锦瑟》是李商隐晚年的作品。这首诗的主题到底是什么，众说纷纭，诗家素有"一篇《锦瑟》解人难"的慨叹，主要有咏瑟说（苏轼）、悼亡说（朱鹤龄）、自伤身世说（元好问）、自序其诗说（程湘衡）等。首联写诗人因为听瑟而勾起自己对已经逝去的青春年华的伤感。"无端"二字直接表达了自己郁闷的情绪。颔联和颈联用庄生梦蝶、望帝化鹃、沧海珠泪、蓝田生烟等典故，运用虚幻缥缈、哀怨迷离的意象，呈现出不同的意境和情绪。其中隐含着诗人忧国伤时、感怀身世的情感。尾联坦然用"此情"收束，直接表达出自己怅恨惘然的情愫，十分动人。这首诗运用比兴的手法，化听觉感受为视觉形象，用典自然，对仗工整，辞藻华美，含蓄蕴藉，感人至深。

庄生晓梦迷蝴蝶：到底是庄子变成了蝴蝶，还是蝴蝶变成了庄子？

《锦瑟》一诗中有好几个典故。

"庄生晓梦迷蝴蝶"说的是庄子梦蝴蝶的故事，典出《庄

子·齐物论》："昔者庄周梦为胡蝶，栩栩然胡蝶也，自喻适志与！不知周也。俄然觉，则蘧（qú）蘧然周也。不知周之梦为胡蝶与，胡蝶之梦为周与？""周"是庄子的名字。根据庄子自己的叙述，有一次他梦见自己变成了蝴蝶，这蝴蝶翩翩起舞，悠游自在，压根忘记了自己原本是一个名叫庄周的人。待到他从梦中醒来，发现自己分明是庄子。他有些惝恍迷离，搞不清楚是庄子做梦化为了蝴蝶，还是蝴蝶做梦变作了庄周。

"望帝春心托杜鹃"，"望帝化鹃"的典故出自《华阳国志·蜀志》。蜀地有个王名叫杜宇，他教百姓耕种，受到百姓的拥护。杜宇称帝后号望帝。后来望帝的疆域内发生了水灾，他的丞相开明带领百姓挖开玉垒山疏通水道，消除了水害。望帝觉得开明很贤能，就把国家的政事托付给了他，还效法尧舜禅让的方式，把帝位让给了开明，自己则在西山隐居。每到二月时，杜鹃鸟鸣叫，百姓非常思念望帝，就把杜鹃看作是望帝的化身，寄托他们的想念之情。

"沧海月明珠有泪"，"沧海珠泪"的典故在西晋博物学家张华的《博物志》和东晋干宝的志怪小说《搜神记》等古典文献中都有记载。"南海水有鲛人，水居如鱼，不废织绩，其眼能泣珠。"（《博物志》）相传南海有一种人鱼叫鲛人，鲛人和鱼一样栖居在水中，却能织布。据说鲛人织出的纱非常轻软，且入水不湿，非常珍贵。鲛人的泪水还能化为一颗颗晶莹的珍珠。

"蓝田日暖玉生烟"，蓝田是陕西的一个地名，古时出产美玉。人们常用"蓝田生玉"比喻贤父生贤子。根据《三国志·吴书·诸葛恪传》的记载，诸葛恪的父亲诸葛瑾的脸比较长，有点儿

古诗词里的历史典故

像驴脸。有一次孙权大会群臣，派人牵着一头驴子进来，在驴脸上题了"诸葛子瑜"这几个字，子瑜是诸葛瑾的字。众人一见，自然哄堂大笑。年幼的诸葛恪当时也随父参加了这次宴会，就跪请增加两个字，孙权答应了。诸葛恪就在"诸葛子瑜"几个字下面加写了"之驴"两个字，这样贴在驴脸上的字条就变成了"诸葛子瑜之驴"。于是满座尽欢，诸葛瑾也不再尴尬。孙权很高兴，把驴赐给了诸葛恪。故而裴松之注引《江表传》注释说"蓝田生玉，真不虚也"。诸葛瑾是东吴的名臣、大将，是蜀相诸葛亮的哥哥，曾出任大将军、左都护，领豫州牧。虎父无犬子，诸葛恪也曾出任东吴的大将军，领荆州牧，担任过太傅、丞相等职。

渔家傲·秋思

〔宋〕范仲淹

塞下秋来风景异，衡阳雁去无留意。四面边声连角起，千嶂里，长烟落日孤城闭。

浊酒一杯家万里，燕然未勒归无计。羌管悠悠霜满地，人不寐，将军白发征夫泪。

词的上阕主要是写景，起句交代了地点和时间，"风景异"说明边塞的风景和内地非常不同。"无留意"三个字凸显了这个地方的萧瑟、荒芜，连大雁都不愿意留下来，何况人呢！"连角起"，角是一种传自西羌的古管乐器，发声高亢，军中多用以警昏晓、振士气、肃军容。这种军营中特有的乐器，带动着四面八方的各种声响，仿佛奏响一首边塞交响曲。也告知世人，虽然大雁已经南飞，但是军中将士还在戍守边关。"千嶂里，长烟落日孤城闭"两句，更增加了景物的悲凉气氛。词的下阕专门写人和抒情。边塞将士一边饮浊酒，一边思念着万里之外的家乡。然而军功未成，还没有办法回家。"羌管悠悠"照应"边声"，"霜满地"呼应前面的"长河落日"，这在深夜不寐的人耳中、眼里，显得格外凄清悲凉。将军和征夫的白发和眼泪当属互文，他们之所以远离家人，来到这个艰苦孤寂的地方，都是为了保家卫国，然而战事长期未了，让已经满头白发的他们不由得彻夜难眠，潸然泪下。

燕然未勒归无计：燕然山刻石记功是胜者荣耀

"燕然勒功"也可以说是"燕然勒石"，讲的是东汉大将窦宪追击北匈奴，出塞三千多里，至燕然山刻石记功的事。

根据《后汉书》的记载，窦宪很小的时候因为父亲被杀而成了孤儿。他的妹妹被立为皇后之后，他和弟弟一起受到皇帝的宠信。后来因为强夺沁水公主的园田而被皇帝疏远。和帝即位以后，窦宪的妹妹作为太后临朝，窦宪又得到重用。但他因事触怒了太后，害怕自己会被处死。为了赎罪，他请求带兵攻打匈奴。

当时匈奴分为南北两部，南匈奴和汉朝亲近，而北匈奴和汉相抗。这时刚好南匈奴的单于请求汉朝出兵北伐北匈奴。于是窦宪就被任命为车骑将军出征。

窦宪和北单于在稽落山交战，大破北单于的军队，北单于逃走。此次战役大获全胜，共斩杀名王以下将士一万三千多人，俘获马、牛、羊等百余万头，投降的也有二十多万人。接着窦宪等人登上燕然山，在石头上刻下此次的功劳，记录下汉室的威德，还令班固为此作了铭文："惟永元元年秋七月，有汉元舅曰车骑将军窦宪，寅亮圣明，登翼王室，纳于大麓，惟清缉熙。乃与执金吾耿秉，述职巡御，理兵于朔方。……乃遂封山刊石，昭铭上德。其辞曰：铄王师兮征荒裔，勦凶虐兮截海外，夐（xiòng）其邈兮亘地界，封神丘兮建隆崛，熙帝载兮振万世。"大致意思是大汉永元元年秋季七月份，国舅车骑将军窦宪，恭敬天子，辅佐王室，治理国事，高洁光明。和执金吾耿秉，述职巡视，出兵朔方……于是封山刻石，铭记至德。铭辞的意思为：威武王师，征伐四方；剿减凶残，统一海外，万里迢迢，天涯海角；封祭神山，建造丰碑；广扬帝事，振奋万代。之后，窦宪班师回京。一时之间，威震天下，权倾朝野。

卜算子·黄州定慧院寓居作

〔宋〕苏 轼

缺月挂疏桐，漏断人初静。谁见幽人独往来，缥缈孤鸿影。

惊起却回头，有恨无人省。拣尽寒枝不肯栖，寂寞沙洲冷。

  这是苏轼被贬黄州以后创作的一首词，寄托了他孤独凄凉的心境和高洁自许的品格。上阕写夜深漏断以后所见到的景色。"缺月挂疏桐，漏断人初静"，为"幽人""孤鸿"这个主角的出现营造了一个孤寂、冷清的氛围。"独往来"的不仅仅是孤雁，也是词人自己。幽人那种孤独、缥缈的状态，正是词人自己心事无人可说的状态。下阕更直接表达了没有知音可以明白自己心情的无奈和忧伤。孤独的人总是会下意识地"惊起""回头"，看看周围是不是有其他人，然而只是他自己的幻觉罢了，依然只能怀抱着"无人省"的心情。"拣尽""不肯栖"，描写了孤雁在稀疏的枝头挑来挑去，都没有适合自己的栖息之所，最后它只好飞到寂寞荒凉的沙洲上度过这寒冷的夜晚。词人借孤鸿这个形象表达了自己被贬黄州的凄凉孤独心境，也强调了自己孤高自许、不愿屈就的风骨。

拣尽寒枝不肯栖，寂寞沙洲冷：乌台诗案的来龙去脉

苏轼这首词据说创作于宋神宗元丰五年（1082）十二月或元丰六年（1083），当时他因为"乌台诗案"被贬到黄州，并在那里住了四年多。

乌台，根据《汉书·薛宣朱博传》记载，"是时御史府……又其府中列柏树，常有野乌数千栖宿其上，晨去暮来，号曰'朝夕乌'"，意思是御史台中有很多柏树，数千只野乌鸦常常在树上居住或停留，所以御史台被称为"乌台"。苏轼的案子因为御史台弹劾而引起，故称"乌台诗案"。

熙宁二年（1069），宋神宗任用王安石为参知政事。王安石主持变法改革，而苏轼对此并不认同，遭到排挤。熙宁四年（1071），他担任杭州通判，又先后担任密州、徐州、湖州知州。因为看到新法在执行过程中存在很多问题，或上表或以诗托讽，批评新法。御史台的人上表弹劾苏轼，认为他诽谤朝廷，反对新法，将他押解赴台狱，想置他于死地。

据记载，苏轼在担任湖州知州的时候上表说"知其愚不适时，难以追陪新进；察其老不生事，或能牧养小民"，"其"是自称，"新进"是指宋神宗任用的新派人物。这几句话表达了苏轼的不满。因此有人借这几句话弹劾苏轼，说他"愚弄朝廷，妄自

古诗词里的历史典故

尊大""包藏祸心,怨望其上,讪渎谩骂"等。不但苏轼的上表被拿来作为判罪的依据,他的诗文唱和也都被翻出来作为罪状。七月他被弹劾,当月二十八日他就被逮捕,八月十八日进了御史台的监牢,十一月三十日才有审讯结果。在这几个月里,苏轼被严加审讯,牵连甚广,可以说他每天过的都是未卜生死、惶恐惊惧的日子。十二月初,大理寺初判"当徒二年,会赦当原",意思是本来应该是判两年的惩罚,但是刚好遇到朝廷的赦令,他的罪应该被赦免,那也就不必受罚了。

对此御史台非常不满。但审刑院的复核也支持大理寺的判决,而且朝廷有许多人为苏轼求情,王安石也说圣朝不应该诛杀名士。连太皇太后也出面干预,她对神宗说:"我记得当年仁宗录取苏轼、苏辙兄弟俩时,非常高兴,他说:'我替子孙找到了两位宰相!'如今我听说苏轼因为作诗而下监牢,恐怕是仇人中伤的缘故吧?不管怎样,作诗的罪过总是很轻微的呀。"

十二月底,宋神宗终于赦免了苏轼,把他贬为黄州团练副史。牵连甚广、轰动一时的"乌台诗案"就此终结。

乌台诗案是苏轼一生的转折点,他的处世态度和作品风格也由此发生了巨大的变化,由最初的锐意进取、积极入仕变为遗世独立、淡泊空明。

江城子·密州出猎

〔宋〕苏 轼

老夫聊发少年狂，左牵黄，右擎苍，锦帽貂裘，千骑卷平冈。为报倾城随太守，亲射虎，看孙郎。

酒酣胸胆尚开张，鬓微霜，又何妨！持节云中，何日遣冯唐？会挽雕弓如满月，西北望，射天狼。

这是苏轼在密州创作的一首词作。作为宋词中最早的豪放词，这首词在题材和意境方面的确具有其开创性的意义，被称为"豪放词的鼻祖"。这首词以一个"狂"字贯穿始终，描写了豪壮的场面和豪迈的气度。上阕先写出猎时的装备，左手牵着黄狗，右臂擎着苍鹰，姿态多么豪迈！接着写出猎时的装束，锦帽貂裘。又写倾城而出的盛况，人马之多，几乎把平冈都席卷而起了，真是气势雄壮。为了报答全城百姓跟随自己的拳拳盛意，苏轼也决定像孙权一样，亲自射虎，一显身手。孙权是三国时期的东吴之主，苏轼以他自比，确实很"狂"。下阕抒发由出猎激发起来的豪情壮志。词人一番开怀畅饮之后，胸怀胆气并壮。他希望朝廷能像当年汉文帝派遣冯唐持节赦免魏尚一样，重用自己，让自己可以奔赴边疆，一逞杀敌报国的心愿。他必定会挽弓如满月，将侵扰边疆的外敌赶出国门。

持节云中，何日遣冯唐：冯唐持节赦免魏尚

　　冯唐持节赦免魏尚的典故出自《史记·冯唐列传》。冯唐，他的祖父是赵国人，父亲迁移到了代地。进入汉朝以后，又迁居到了安陵。冯唐因为孝顺而出名，被举荐为中郎署长，侍奉汉文帝。

　　有一次文帝乘车经过，问他："老人家怎么还在做郎官，家是哪里的？"冯唐如实回答之后，文帝提起赵将李齐，问他知不知道这个人。冯唐说李齐比不上廉颇和李牧。汉文帝问他为什么这样说。冯唐说："我祖父在赵国的时候，和李牧有过交情。而他老人家在做代相的时候，也和李齐有过交往。所以知道他们的为人。"汉文帝感慨说："可惜我偏偏得不到廉颇、李牧这样的人做将领，如果能找到，我还需要担忧匈奴吗？"冯唐说："我想陛下即使得到他们这样的人才，也不会任用他们。"汉文帝大怒，起身回到宫中。大约是回去以后越想越不对，过了一阵又召见冯唐，问他为什么这样当众羞辱自己，难道不能私下告诉自己吗？冯唐谢罪说："粗鄙之人，不懂得忌讳。"

　　当时，匈奴人正大举进犯，汉文帝正为此感到焦虑。于是他又问冯唐："你凭什么认为我不会任用廉颇、李牧呢？"冯唐回答说："臣听说古时候的君王派遣将军时，跪下来推着车毂说：'国门以内的事，由我决断。国门以外的事，由将军做决定。'我祖父

说，李牧在赵国边境统帅军队的时候，征收的税金可以自行奖赏部下，朝廷从不干预。正因为如此，李牧能充分发挥他的才干，使得赵国更加强大。可惜后来即位的赵王听信郭开的谗言，杀害了李牧，导致国家败亡。"文帝听了，表示认同。

于是冯唐话题一转，接着说："如今我听说魏尚做云中郡守，他把税金用来奖赏士兵，还拿出自己的钱财，五天杀一次牛，宴请军士。军队士气高涨，人人努力作战，匈奴人只能远远避开，不敢靠近云中郡。"

文帝反驳道："可是魏尚谎报军功，难道不应该受到惩罚吗？"冯唐说："魏尚这次抗击匈奴的入侵，杀死了很多敌军。那些士兵都是普通人家的子弟，来自乡村，哪里知道军中那些法令条例呢？他们只知奋力杀敌。只凭一句话不合乎事实，就惩罚他们。应得的奖赏未必能兑现，而违背一点律令就严加追究。臣愚昧，认为陛下的法令太苛刻，奖赏太轻，惩罚太重。更何况云中郡守魏尚只报多了六个，陛下就把他交给法官，夺去他的爵位，判处一年刑期。由此可见，臣以为陛下即使得到廉颇、李牧这样的将领，也是不能重用的。臣愚钝，触犯禁忌，罪该万死！"

文帝听了冯唐的话，觉得有理，当天就下令让冯唐拿着汉节前去赦免魏尚，让他重新担任云中郡守，还任命冯唐为车骑都尉。汉景帝时，还让冯唐去做楚国的丞相。武帝即位后，还曾征求贤良，只是此时冯唐已经九十多岁，不能做官了。

登 快 阁

〔宋〕黄庭坚

痴儿了却公家事，快阁东西倚晚晴。

落木千山天远大，澄江一道月分明。

朱弦已为佳人绝，青眼聊因美酒横。

万里归船弄长笛，此心吾与白鸥盟。

　　这首诗首联交代忙完公事以后，自己到快阁游玩览胜。"痴儿"
二字是一种自嘲，隐隐透露出对官场生活的厌倦。"倚晚晴"三个
字，虚实相应：时间正是傍晚，诗人靠着的本是快阁之栏杆，然此刻
整个天地都被暮色晴空所包围，让诗人无比沉醉，故而亦可说"倚
晚晴"。"晚晴"也引出了下文对景色的描绘，颔联写"落木""千
山""天远""澄江""月分明"，语言明白如话，而意象阔大，雄奇瑰
丽，为千古绝唱。颈联巧用典故，让人想起伯牙的高山流水遇知音，
阮籍的青眼白眼对世人，表达了诗人难觅知音的孤独寂寞的情感。
尾联一气而下，交代了自己的解脱之道，似有回归故里，与自然为伴
之意，含蓄隽永。

朱弦已为佳人绝：俞伯牙为钟子期破琴绝弦

朱弦其实就是指琴弦，琴弦为知音而断，指的是伯牙和钟子期的故事。据《吕氏春秋·孝行览》的记载，伯牙非常善于弹琴，钟子期是他的知音，能从他的琴音里听出他的心思来。伯牙弹琴的时候，心里想着泰山，钟子期就说："善哉乎鼓琴，巍巍乎若太山！"意思是说"弹得好啊，我眼前仿佛屹立着巍峨的泰山"。伯牙心里想着流水，钟子期又说："善哉乎鼓琴，汤汤乎若流水！"意思说"弹得真好啊，这琴声宛若奔腾不息的江河从我心中流过"。两人惺惺相惜，成为莫逆之交。后来钟子期死了，伯牙失去了知音，就把自己心爱的琴给摔碎了，发誓再也不弹琴。

"青眼聊因美酒横"说的是魏晋时期的竹林七贤之一阮籍的故事。竹林七贤指的是三国魏正始年间的七位名士，包括嵇康、阮籍、山涛、向秀、刘伶、王戎和阮咸七人。而嵇康和阮籍是这些人中的佼佼者。他们经常在一起饮酒纵歌，藐视名教礼法，有种种不同流俗的言行举止。

根据《晋书·阮籍传》的记载，竹林七贤所生活的时代，司马氏当权。为了躲避祸害，阮籍只能采取一种饮酒纵放、蔑视礼教的态度。据说有一次司马昭为了拉拢阮籍，想和他结为亲家。结果阮籍每天拼命喝酒，足足六十天长醉不醒，搞得提亲的人根本无法向他开口。这件事只好不了了之。钟会常用当下的时政询问阮籍，想从中套阮籍的话，找机会治阮籍的罪，都被阮籍用醉酒的方式逃脱了。

阮籍善于作青白眼，以此来表达自己的爱憎。所谓青眼就是黑眼珠在中间，眼内以黑色居多，这是正视别人时眼睛的样子，显得尊重有礼；所谓白眼，是黑眼珠偏向一侧，眼内以白色居多，这是斜视别人时眼睛的样子，显得傲慢无礼。阮籍见到礼俗之士，就用白眼相对，显出一副不欢迎的态度。比如阮籍的母亲

去世了，嵇康的哥哥嵇喜来他家吊唁的时候，他就用白眼来看人家，因为他认为嵇喜为人世俗、粗鄙。阮籍的白眼把嵇喜看得十分不自在，尴尬地回去了。后来嵇康听说了，就买了酒，带着琴来造访他，嵇康是竹林七贤之首，最是激昂慷慨，不遵礼法，阮籍与他非常投契。见到嵇康前来，阮籍非常高兴，立马把白眼换成了青眼。

夏日绝句

〔宋〕李清照

生当作人杰，

死亦为鬼雄。

至今思项羽，

不肯过江东。

    李清照的词风婉约，这首词却雄奇悲壮，有一股凛然正气。首句"生当作人杰"，提出人生的目标当是报效国家，做人中豪杰。"死亦为鬼雄"，表示死也要轰轰烈烈，做一个顶天立地的英雄人物。后两句则说明了发出这样感慨的原因，也歌颂了项羽的英雄气概。金兵入侵中原时，掳走了宋徽宗和宋钦宗两位皇帝，李清照的丈夫赵明诚不战而逃。李清照借这首诗讽刺了当时的朝廷偷安江南、不思收复故土的无耻行径，也对丈夫毫无骨气的卑劣行为表示愤慨。全诗气势非凡，大义凛然，充满爱国激情，读来让人肃然起敬。

至今思项羽，不肯过江东：项羽宁死不渡乌江

项羽是战国时期楚国名将项燕的孙子。楚国灭亡以后，他和他的叔叔项梁发动起义，反抗秦朝暴政。在巨鹿之战中，他破釜沉舟，打败了秦朝的主力军，杀死了秦最后一个皇帝子婴，自称西楚霸王，名震天下。

之后，项羽又和汉王刘邦争夺天下，楚汉之争相持了四年。最终刘邦在韩信等人的辅佐下，打败了项羽，统一了天下。

根据《史记·项羽本纪》记载，楚汉最终对阵之时，项王军营驻扎在垓下，被汉军重重包围。夜里的时候，汉军响起楚地的歌谣，声音从四面八方传来，项羽大惊："难道汉王已经把楚地都占领了吗？汉军中怎会有那么多的人在唱楚地歌谣。"这个夜晚，他心情激荡，无法入睡，在军帐中饮酒浇愁。他长声吟唱："力拔山兮气盖世，时不利兮骓不逝。骓不逝兮可奈何，虞兮虞兮奈若何！""虞"指的是常伴他左右的宠姬，"骓"是他从军以来常骑的马。唱着唱着，项王不由得泪如雨下，部下们也都跟着泣不成声，不敢抬头看他。

当晚，项王带着八百壮士突破汉军的包围纵马逃跑。不料，早上的时候被汉军发觉，骑将灌婴带领五千骑兵追了上去。渡过淮水之后，跟在项羽后面的壮士只剩下一百多人了。又在半路上被一个农夫指错路，陷入一片低洼地里，被汉军追上。厮杀之后

到了东城，就只剩下二十八个人了，而追兵则有数千人。

项羽料想今天逃不了了，就跟这二十几个人说："我从起兵到现在已经有八年了，亲身经历了七十多次大小战役。一直以来所向披靡，无不臣服，终而能雄霸天下。如今不幸被困在这里，这是上天要灭亡我，并不是我不善于作战！我今天打算为诸君痛快一战，为你们突破重围，斩杀汉军，砍倒帅旗！"

于是项羽把二十八人分为四队，朝四个方向冲过去。这二十多人在数千汉军中所向无敌，一番厮杀下来，果然杀死汉军将士上百人，而他们只是少了两人而已。骑兵都很佩服他。

项羽想东渡乌江。乌江的亭长撑船靠岸等待他。乌江亭长对项羽说："江东虽小，土地也有千里大小，人口数十万，您在那里也足以称王了。愿大王赶快渡江逃离，这条江上只有我一个人有船，即使汉军来了，也没有办法追上您。"项羽笑着说："上天要亡我，我还渡江干什么？况且江东弟子有八千人和我一起渡江抗秦，如今没有一个跟我回去。纵然江东父老怜悯我，收留我，拥我为王，我自己哪里还有脸面去见他们呢？即便他们没有一句话责怪我，我难道毫无羞愧之心吗？"

项羽接着对亭长说："我知道您是忠厚的长者。"他又看向自己的马说："我骑这匹马五年了，所向无敌。我不忍心杀它，把它送给您吧。"于是他只把跟随了自己五年的骓马交给了亭长，命令骑马的士兵都下马，手拿短小轻便的刀剑作战。项羽一人就杀死汉军几百人，然而项羽也负伤十多处，最后他指着已经投向汉王的故人说："我听说汉王用千金悬赏我的脑袋，我就做件好事，送给你吧。"说完就挥刀自杀了。赫赫霸王项羽就此终结了他英雄的一生，的确称得上是"生作人杰，死为鬼雄"。

贺新郎·国脉微如缕

〔宋〕刘克庄

实之三和，有忧边之语，走笔答之。

国脉微如缕。问长缨何时入手，缚将戎主！未必人间无好汉，谁与宽些尺度？试看取当年韩五。岂有谷城公付授，也不干曾遇骊山母。谈笑起，两河路。

少时棋柝曾联句，叹而今登楼揽镜，事机频误。闻说北风吹面急，边上冲梯屡舞。君莫道投鞭虚语，自古一贤能制难，有金汤便可无张许？快投笔，莫题柱。

这首词上阕写国运衰微，国脉已如游丝一缕，非常危急，希望统治者放宽标准，不拘一格任用人才。"未必"一句说明，只要唯才是举，一定可以发现人才。人称"泼韩五"的抗金名将韩世忠就是一个很好的例子，他年轻时地位低微，为人彪悍，既没有名师传授，也没有神仙指点，从军之后，却也能于谈笑间击败金人。下阕词人联想到自己的际遇，用"棋柝联句"表达自己从军的愿望。但这都只是少时的梦想，如今对着镜子自照，老鬓衰颜，报国无门，让人扼腕。虽然如此，词人仍然关注着边境的战况，"闻说"一转，把读者带到了紧张的"北风吹面"的局势中。他以北风为喻，形象地描绘出敌人攻势的猛烈，杀气逼人。接着他提醒统治者，蒙古的力量很强，应当高度警惕。即便有固若金汤的城池，还需要像张巡、许远这样的忠臣良将。末尾两句呼吁人才赶快投笔从戎，保家卫国。这首词议论纵横，慷慨豪壮，典故丰富，情韵优美。

快投笔，莫题柱：班超投笔从戎，司马相如题桥明志

这首词包含了多个历史典故。

"试看取当年韩五"中的"韩五"指的是指南宋抗金名将、与岳飞齐名的韩世忠，《宋史》中有他的传记。韩世忠在抗西夏、抗金及平定各地叛乱的战争中，为朝廷立下汗马功劳。岳飞被冤死以后，朝廷上下噤若寒蝉，只有刚正不阿的韩世忠敢为他鸣不平，直言触犯秦桧。

韩世忠还有一个外号叫"泼韩五"。他排行第五，"泼"是赞其耿直，有胆魄和血性，也有谑其年轻时个性强悍过人的意思。他年轻时就极为勇敢，敢去骑无人驯服的马驹。有人跟他说他将官至三公，位极人臣，他竟然认为是侮辱自己，把人家暴打一顿。十八岁的时候，韩世忠凭借勇气过人应乡州招募，当了兵，很快勇冠三军。西夏侵扰宋边境时，韩世忠夺关斩将，将敌将的首级从城墙上扔下去。宋人顿时军威大振，趁机发动进攻，把西夏人打得大败。后来西夏人又在小路上出现，韩世忠独自率领敢死队和敌人殊死战斗。这时他看到敌方有一员骑士所向无敌，就上前将其斩杀，敌军失去了战斗的气势，瞬间溃散逃走。在韩世忠的戎马生涯里，如此事例甚多。

　　"岂有谷城公付授"中有"圯桥进履"这一典故。据《史记·留侯世家》记载，张良曾在下邳的圯桥上闲步，有一位老人看到张良走过来，故意把鞋丢到桥底下，并颐指气使地说："小子，下去把我的鞋拾上来！"张良看到老人年纪大，强忍心中的怒火把鞋子取回来。老人又用命令的口气说："给我穿上！"张良心想既然已经帮他拾了鞋，不妨好人做到底，便恭敬地给老人穿上了鞋。老人笑着离开了。张良目送着老人的背影，感到十分惊奇。老人走了约一里路，又走了回来，对张良说："你这孩子可以教导。五天后天亮时，跟我在这里相会。"五天后的拂晓，张良到圯桥时老人已经在那里了，他生气地让张良五天后再早点过来。五天后鸡一叫，张良就去了，老人又已等在那里，他又生气地叫张良五天后早早地过来。五天后，张良不到半夜就去了，过了一会儿，老人也来了，还送给张良一本书。原来，这位老人是黄石老人，他送给张良的是《太公兵法》。张良研读了《太公兵法》，后来成为汉高祖刘邦的重要谋士，在建立汉王朝的过程中立下了大功。

"也不干曾遇骊山母"中有骊山老姥为李筌讲授《阴符》的故事。李筌好学神仙修炼之术，经常游历名山，有一次他偶然得到一本《阴符》，由于传本年代久远，已经糜烂，于是他便认真抄写起来。他读了数千遍，还是弄不明白经文的深义。后来西游，在骊山下遇到一位老姥。那老姥从李筌身边走过，看到有人遗留的火星溅到路边的树上，烧了起来，便不经意地说了一句："火生于木，祸发必克。"李筌听后大惊，急忙上前问老姥为何知道经文中的句子。于是两人交谈起来。老姥看李筌相貌不凡，便收他为徒弟，为他讲解《阴符》秘文。

"君莫道投鞭虚语"中的"投鞭"是说苻坚的故事。苻坚是前秦的第三位国君。苻坚在位期间，励精图治，勤政爱民，任用贤臣良将，使得前秦国力日益强盛，陆续消灭了北方其他国家。这时候苻坚打算征服偏居南方的东晋王朝，统一天下，结束多国峙立的乱世局面。他在朝堂上就攻打东晋问题听取大臣们的意见。有大臣认为东晋有长江天险，此刻伐晋并不适宜。苻坚却认为，自己兵多将广，把大家的马鞭投入长江水中，多到可以阻塞水流，又何惧所谓长江天险！结果，淝水一战，东晋谢玄所率领的北府兵以少胜多，击败了苻坚仓促中征募来的八十万大军。"投鞭断流""草木皆兵"和"风声鹤唳"都是这次战争所留下的成语典故。经此一役，前秦社会矛盾激化，北方再次陷入了分裂的局面。

　　"有金汤便可无张许"中的"张许"指的是唐代名将张巡和许远。唐玄宗天宝年间，安禄山反叛。张巡率兵讨贼，每每身先士卒。那时许多官员投降叛军，有些将士对张巡说，我方势单力薄，恐敌不过贼兵，不如投降吧。张巡在大堂上悬挂天子画像，率士兵朝拜，又以国家大义处死劝降的将士。从此军心强固，人人激励。后来安禄山的儿子安庆绪联合突厥等部落进攻张巡守卫的睢阳，在兵少粮尽的情况下，文官出身的张巡仍死守数月，直至敌军破城，兵败被杀。

许远为人宽厚，为政清明。安禄山叛乱的时候，他和张巡一起坚守睢阳。二人在睢阳遭到围攻的时候，合力誓死抵抗叛军，城破之时，张巡被杀，许远被俘虏，送到了洛阳，最终被叛贼所害。朝廷追赠他为荆州大都督，还为张巡、许远二人建了双忠庙，纪念他们。《新唐书》在二人的传后称赞说："张巡、许远，可谓烈丈夫矣。"

"快投笔，莫题柱"，其中的"投笔"讲的是东汉时班超的故事，出自《后汉书·班超传》。班超志向高远，不拘小节，为人孝顺恭谨。他口才很好，读书涉猎亦颇广博。因为家境贫寒，班超就受雇于官府，帮官府抄书，以此维持生计。抄书的工作非常辛苦，有一次班超一时感慨，把笔一扔，说："大丈夫没有别的志向和谋略，也总应当效法傅介子和张骞，封侯建业，怎么能天天跟笔墨打交道呢？"周围的人听了都取笑他。班超说："你们这些凡夫俗子怎么了解壮士的胸怀！"窦固带兵出击匈奴时，班超为代理司马。班超一到军中就展现了非凡的才干，斩获甚多。后来班超又奉命出使西域，收服了西域五十多个国家，官至西域都护，封定远侯。"投笔从戎"就成了一个文人从军的典故。

　　"题柱"指的是西汉著名文学家、汉赋大家司马相如的故事。《史记·司马相如列传》记载，司马相如年少时非常喜欢读书，还学过剑术。因为仰慕战国时期的蔺相如，所以改名为司马相如。他的赋作以《子虚赋》和《上林赋》最为出名。"题柱"的典故出自《华阳国志》的记载："蜀郡，州治，属县六……城北十里有升仙桥，有送客观。司马相如初入长安，题其门曰：'不乘赤车驷马，不过汝下也。'"司马迁第一次离开故乡，前往长安，曾在成都城北升仙桥桥柱上题句，"不乘赤车驷马，不过汝下也"，意思是自己这次前往京城，如果不能做上大官，就不再回到故乡。后来情况果如他愿。

不乘赤车驷马

不过汝下也

示 儿

〔宋〕陆 游

死去元知万事空，

但悲不见九州同。

王师北定中原日，

家祭无忘告乃翁。

　　陆游一生致力于收复中原，却临死也没有见到这一天，因此留下遗嘱，希望儿子在南宋朝廷收复中原之时把这个大好消息告诉自己，以完成自己毕生的心愿。诗的第一句"死去元知万事空"，表示他即将离开人世，死后的一切都是空的，原本不该有所牵挂。但从"元知"就可以看出，他还是有心愿未了的。"但悲不见九州同"就是他一生的遗憾，"悲"字表现了他内心深沉的悲愤之情。"王师北定中原日"表达了诗人认定朝廷可以收复失地的坚定信念，诗歌由极度悲伤的低落情绪到此转化为昂扬的斗志。最后"家祭无忘告乃翁"这一句，带着满心的不能亲眼看到九州统一的那一天的遗憾，嘱托儿女，让他们别忘了把喜讯告诉自己。语言浑然天成，全是真情的自然流露。

死去元知万事空, 但悲不见九州同: 靖康之耻

在这首诗里面我们要讲的是靖康之耻。1125年, 金军分东、西两路南下攻打宋朝。东路攻燕京, 西路侵太原。很快, 东路金兵就攻破燕京, 渡过黄河, 准备进攻汴京。宋徽宗见形势危急, 就传位于太子赵桓, 也就是宋钦宗。

宋钦宗靖康元年 (1126), 金兵再次南下, 一举攻下北宋都城汴京, 将京城洗劫一空之后, 于靖康二年 (1127) 掳走宋徽宗和宋钦宗两个皇帝, 同时带走的还有皇族宗室、后宫嫔妃、当朝官员、乐师工匠等数千人, 以及大量的礼器、仪仗、珍宝、藏书、地图等。历史上称此次事件为"靖康之耻", 因为这一年是丙午年, 所以又称"丙午之耻"。北宋从此灭亡。

北宋灭亡以后, 宋徽宗和宋钦宗被囚禁在北方, 辗转多地, 最终客死他乡。而康王赵构于1127年在南京应天府即位, 后人称为宋高宗。他后来建都于临安 (今浙江杭州), 历史上称为南宋。公元1141年, 宋、金达成绍兴和议, 宋放弃淮河以北地区。丢掉了原来中原地区, 南宋偏安于江南地区, 统治范围非常狭小。这不仅给朝廷带来了巨大的经济损失, 也给百姓带来了巨大的身心创伤。无数有志之士对此无不扼腕悲叹, 期待投身军旅收复中原。其中就有"一身报国有万死"的大诗人陆游。

陆游生于1125年, 正值金兵南下、北宋灭亡之际, 家国不幸

给他留下了深刻的记忆。成年之后，他历经宦海沉浮，始终无法一展抱负，实现恢复中原的大计，深为抱憾。宋高宗时他参加了礼部考试，却因被秦桧排斥而无法施展抱负。宋孝宗即位后，他又因坚持抗金而被主和派打压。宋光宗即位以后，他升为礼部郎中，又因"嘲咏风月"被罢官。宋宁宗嘉泰二年（1202），陆游被召入京，主持编修《两朝实录》《三朝史》，书成后，又只能蛰居山阴。开禧二年（1206），事情似乎出现了转机，韩侂胄出师北伐。一开始出师顺利，对此陆游欣喜若狂，抱着巨大的期望。然而希望越大，失望越大，最终韩侂胄失利被杀，北伐彻底失败。陆游的心情由狂喜转为忧愤，从此一病不起。

嘉定二年（1209）十二月，八十五岁的陆游留下这首《示儿》，带着无尽的遗憾离开了人间。陆游一生勤耕不已，其留存诗作之多为中国历代诗人之首，成就也极高。但终其一生他都怀揣着恢复中原的志向，郁郁不得施展。他七十多岁的时候曾写过几首题为《太息》的诗，其中一首这样写道："书生忠义与谁论？骨朽犹应此念存。砥柱河流僪掌日，死前恨不见中原。"其中的"死前恨不见中原"和他临终之前的"但悲不见九州同"如出一辙，足见他心中愤懑之深之久。

十一月四日风雨大作

〔宋〕陆 游

僵卧孤村不自哀，

尚思为国戍轮台。

夜阑卧听风吹雨，

铁马冰河入梦来。

　　创作这首诗时诗人已经年近古稀，但他仍然满腔爱国热情，日思夜想以身报国。在这个风雨大作的夜晚，他触景生情，在梦里实现了身穿铠甲、驰骋沙场的愿望。诗歌的第一句先交代了他的现实处境——"僵卧孤村"。"孤"字写出了他的孤独和凄凉，"僵"交代了他被病痛纠缠的身体状况，而"不自哀"却又说明他并没有因为自己现状窘迫而陷入自怜自伤的情绪中。"尚思为国戍轮台"交代了他之所以无须他人哀怜的原因，他始终把报效国家作为自己一生的志向，根本没有时间为个人得失而失落悲伤。"夜阑卧听风吹雨"交代眼前自然界的风雨，也因此可以联想到国家此刻亦正处于风雨飘摇之中。此情此景，让诗人忧心忡忡，夜将尽了还在辗转反侧，难以入睡。恍惚间，他仿佛回到了"上马击狂胡，下马草军书"的年轻时代，穿着铠甲，骑着战马，驰骋在北方疆场。可以想象，马蹄声，厮杀声，战鼓声，忽然就闯入了他的梦境，让人热血沸腾。

古诗词里的历史典故

铁马冰河入梦来：当不成战士，只能做诗人

陆游十二岁的时候就能写诗作文。做官后，一直主张抗金，因此与主和派不能相容。几次被罢，又几次被召回起用，但总是又被弹劾罢免。后来他退居乡村，直到八十五岁去世。

人们一般把陆游的一生分为三个阶段：第一个阶段从1125到1170年，是他读书科举、初仕罢归的时期；第二个阶段从1171到1189年，为入蜀从军到罢官东归的时期，这期间的军营生活给他的诗歌注入了慷慨激昂的战斗气息；第三个阶段是1190到1210年，这段时间他退居山阴，除了曾主持过修史之外，一直闲居在家，直至去世。

第二个阶段是陆游诗歌臻于成熟的时期，这段时间他在夔州、南郑、成都等地任职，其诗集"剑南诗稿"这个标题就是为了纪念自己的军旅生涯。清朝赵翼《瓯北诗话》曾如此评价说："放翁十余岁时，早已习闻先正之绪言，遂如冰寒火热之不可改易。且以《春秋》大义而论，亦莫有过于是者，故终身守之不变。入蜀后，在宣抚使王炎幕下，经临南郑，瞻望鄂、杜，志盛气锐，真有唾手燕、云之意，其诗之言恢复者十之五六。出蜀以后，犹十之三四。"军旅生活开阔了陆游的眼界，使得他的诗歌风格趋于雄健豪迈。而陆游的志向一直是报效国家，自少至老从未变过。这可以从他的诗词中看出。比如《诉衷情》："当年万里觅封

侯，匹马戍梁州。关河梦断何处？尘暗旧貂裘。胡未灭，鬓先秋，泪空流。此生谁料，心在天山，身老沧洲。"《病起书怀》："病骨支离纱帽宽，孤臣万里客江干。位卑未敢忘忧国，事定犹须待阖棺。天地神灵扶庙社，京华父老望和銮。出师一表通今古，夜半挑灯更细看。"

在从军的这段时间里，陆游还曾和老虎狭路相逢。他在很多诗里记叙了自己杀虎的过程。比如《建安遣兴》："刺虎腾身万目前，白袍溅血尚依然。圣时未用征辽将，虚老龙门一少年。"也难怪他可以自豪地说"切勿轻书生，上马能击贼"，也就可以理解他在病体缠绵的孤村仍然要挂念为国戍轮台了。然而虽说陆游矢志"一身报国有万死"，可惜"双鬓向人无再青"。软弱苟安的南宋朝廷始终都没有让陆游一酬壮志，抱憾终身的陆游只能在临死之前跟儿子说"王师北定中原日，家祭无忘告乃翁"，把恢复中原的愿望寄托于身后了。

书愤五首（其一）

〔宋〕陆 游

早岁那知世事艰，中原北望气如山。

楼船夜雪瓜洲渡，铁马秋风大散关。

塞上长城空自许，镜中衰鬓已先斑。

出师一表真名世，千载谁堪伯仲间！

  这是南宋诗人陆游在宋孝宗淳熙十三年（1186）闲居山阴时所作，当时他已经六十二岁了。"书愤"就是抒发胸中的愤懑之情，因为年事已高，又赋闲在家，他已经没有办法杀敌报国，收复中原。诗的首联写自己年轻时候的战斗生活，"气如山"表现出当年的自己是如何豪情满怀，踌躇满志。接着颔联用两个画面来表现这辉煌的过去：一个是宋高宗绍兴三十一年（1161）冬天的时候，金人南侵，宋人在瓜州抗敌，最后打败金兵；一个是宋孝宗乾道八年（1172），陆游跟随王炎强渡渭水，在大散关和金兵大战一场。两个场面都让人热血沸腾。颈联笔锋一转，用"自毁长城"的刘宋王朝为典，与颔联形成鲜明的对比，写出了诗人志向落空的满腔愤恨，让人扼腕叹息。尾联用诸葛亮的典故，表明自己愿意效法累死在伐魏战场上的诸葛亮，为恢复中原鞠躬尽瘁，死而后已。

塞上长城空自许：檀道济的故事

"塞上长城"说的是檀道济的故事，他的事迹可以在《宋书·檀道济传》《南史·檀道济传》等史书中查找到。

檀道济是东晋末年的名将，也是刘宋王朝的开国元勋。他很小的时候就失去了父亲，跟哥哥姐姐一起生活。后来跟随刘裕打天下，义熙十二年，刘裕北伐，檀道济担任前锋，所到之处，望风披靡。攻进洛阳以后，其他人建议把俘虏都杀死，建一座京观。这是古人炫耀武功的一种方法，即把敌人的尸体聚集起来，封上泥土，筑成高高的台观，谓之京观。檀道济不同意这种做法，他说："讨伐罪人，抚慰百姓，正在今天。"便命人释放俘虏并让他们回家。于是各地纷纷归降。

后来，檀道济率军北伐，到达济水之上，与魏军交战三十多次，打到后面粮食都快吃光了。当时投降魏军的人说檀道济他们没有粮食了，很多士兵都十分焦虑，没有战斗的意志了。然而檀道济却在夜里吆喝着数筹码量沙子，将剩下的少量的米撒在沙子上面。果然这个方法骗过了敌军，敌军以为他们还有粮食，不敢轻举妄动。虽然军队力量弱小，檀道济却能凭借胆略保全军队安全返回。一时他声名大振。

檀道济功名卓著，他的心腹部下身经百战，几个儿子又很有才气，使得朝廷渐渐猜疑畏惧他。宋文帝刘义隆体弱多病，有好几次病情岌岌可危。刘宋王朝担心皇帝一旦驾崩，朝廷将无法掌控檀道济。

元嘉十二年（435），宋文帝病重，这时刚好北魏南伐。文帝就召檀道济入朝。檀道济的妻子跟他说："夫君你功劳太大，一定会遭人忌惮。如今圣上无事相召，恐怕要大祸临头了！"檀道济不相信自己率领军队抵御外寇，赤胆忠心，朝廷反而会猜忌自己。他回到朝廷时，文帝的病已经好转。到十三年（436）春，朝廷打算派檀道济回去镇守，檀道济已经动身上船了，突然文帝再次发病，于是朝廷召回檀道济，之后将他逮捕交给掌刑狱的廷尉。

檀道济被逮捕的时候，十分气愤，目光如炬。他不一会儿就喝掉了一坛酒。然后狠狠地脱下头巾扔到地上，说："乃坏汝万里长城！"骂他们毁坏自己的万里长城，破坏国家的根基。

元嘉十三年（436）四月九日，檀道济被杀。他的儿子及其他亲信也一并在建康处斩。檀道济被杀的那天，建康城发生了地震，还长出了白色的草。当时的人编了歌谣说："可怜白浮鸠，枉杀檀江州。"檀道济曾任江州刺史，所以被称为檀江州。消息传到北魏，魏人开心欢呼"道济已死，吴子辈不足复惮"，檀道济一死，南方就再也没有他们忌惮的人了。

檀道济被杀十五年之后，宋文帝再次发起北伐，结果被北魏军队长驱直入，一度攻至长江北岸。文帝登上石头城朝北望去，长叹着说道："如果檀道济还在，我们怎么会落到这样的境地！"

破阵子·为陈同甫赋壮词以寄之

〔宋〕辛弃疾

醉里挑灯看剑，梦回吹角连营。八百里分麾下炙，五十弦翻塞外声，沙场秋点兵。

马作的卢飞快，弓如霹雳弦惊。了却君王天下事，赢得生前身后名。可怜白发生！

辛弃疾四十二岁时遭谗毁，闲居信州（今江西上饶）长达二十年之久。这首词可能是在这个时期创作的。这首词的开头写主人公在醉酒之后的晚上，在灯下把玩自己的宝剑，一时心潮起伏，难以入睡。好不容易入睡了，自己所回想的一切也幻化成了梦境。梦里应该是清晨，军营里的号角声一声接着一声，催促着将士们厉兵秣马，整装待发。在急促雄壮的塞外乐曲声中，将士们饱餐了一顿烤牛肉，整整齐齐排在沙场上等待检阅。下阕直写将士们骑着神勇的马匹，弓弦如霹雳一般，一切都是那么急促、激烈、紧张。整个场面是如此快意，如此豪壮。的确可以称得上是"壮词"。然而，在那个朝廷腐败无能苟且偷安的时代，这不过是作者的幻想和梦境罢了。"可怜白发生"，年华已老，而理想依然是那么遥远。难怪他会失眠，以酒浇愁，只能在醉中把玩宝剑，在梦中驰骋沙场。

为陈同甫赋壮词以寄之: 辛弃疾与陈亮的友谊

　　辛弃疾和陈亮二人是志同道合的好友, 两个人都是南宋时期著名的爱国词人。辛陈二人曾经多次唱和, 比如辛弃疾曾经写过一首《贺新郎·把酒长亭说》, 词的小序里说陈亮从东阳过来拜访自己, 待了十天。二人一起同游鹅湖。到分别的日子, 辛陈二人依依不舍。送走陈亮以后, 辛弃疾又想追上去。到了鹭鹚林, 雪深路滑, 没办法继续前行, 只好在方村独自饮酒, 怅恨不已。到晚上, 辛弃疾投宿于吴氏泉湖四望楼, 他听到旁边人家的笛声悲凉, 就写下《贺新郎·把酒长亭说》这首词来表达自己的心意。刚好过了五天, 陈亮写信过来索取词作, 辛弃疾深感心有灵犀, 可发千里一笑, 就记录下来, 连同这首词寄给了陈亮。陈亮收到书信, 非常感动, 也和了一首《贺新郎·寄辛幼安和见怀韵》给辛弃疾, 其中有"只使君, 从来与我, 话头多合", 可见两人志趣相投, 可以说是相见恨晚。

　　然而, 据说辛弃疾这首《破阵子》的创作是因为两人的一次误会而起的。

　　辛弃疾二十岁刚出头就在家乡历城(今山东济南)起义抗金。在起义中的表现, 令他名声大振。后来被朝廷任命做官。他一心想回到疆场杀敌报国, 收复中原, 却遭到投降派的排斥和打击, 不得不闲居近二十年。

根据清朝张宗橚(sù)的《词林纪事》记载,辛弃疾流寓江南的时候,陈亮骑着马去拜访他。经过一条小河时,要过一座小桥,陈亮多次想跃马过桥,然而马却一次次胆小后退,不敢跃步向前走去。陈亮大怒,用剑把马给杀了,步行向前走去。当时辛弃疾正在楼上凭栏而望,看见这个情景,大惊,马上派人前去询问发生了什么事情。这时陈亮已经来到他门前。后来二人结交,成为好友。

　　辛弃疾在淮地带兵时,陈亮与人不合。于是他又前去拜访辛弃疾,一起讨论天下大事。辛弃疾饮酒至半醉,就谈起了南北之利弊,还说江南并不是帝王应该待的地方,很不安全;如果截断牛头山,天下就没有援兵可至;如果引西湖水灌城,那么杭州满城都是鱼鳖。喝完酒,陈亮一夜未眠,心想辛弃疾平素稳重少言,因为酒后才吐露了许多真话,假如醒来想起此事,必然要杀自己灭口。于是半夜偷了辛弃疾的马逃走了。后来陈亮写信给辛弃疾,信中微微透露此事,要求辛弃疾借钱来救济自己。辛弃疾给了他钱,并作了这首词给他,题目就叫"赋壮词以寄之"。这个故事虽然写得非常有传奇色彩,但作者似乎对辛弃疾和陈亮两人的交情了解不足。从辛弃疾和陈亮两人的生平和品格来看,陈亮对辛弃疾当不至于误解至此,此或传闻而已。

太常引·建康中秋夜为吕叔潜赋

〔宋〕辛弃疾

一轮秋影转金波，飞镜又重磨。把酒问姮娥，被白发、欺人奈何？

乘风好去，长空万里，直下看山河。斫去桂婆娑，人道是、清光更多。

古诗词里的历史典故

这首词是辛弃疾在中秋夜为赠给友人而创作的一首词。当时距离他从家乡起义抗金已经十多年。这十多年里，他多次上书，主张抗金，但始终没有得到采纳，他把满腔壮志难酬的愤慨寄托于诗词的创作之中。词的上阕借神话传说来表达自己怀才不遇的遗憾和悲叹。时值中秋之夜，作者举起酒杯，对着月亮，忍不住问天上的嫦娥："被白发、欺人奈何？"嫦娥因为偷食不死之药而飞升月宫，而自己壮志未酬，被岁月摧折，白发渐多，怎么办呢？词的下阕，作者想象自己乘风直飞到月宫之中，俯瞰万里山河，砍掉给月亮带来阴影的桂树，让月亮的光华更加清亮。这"桂婆娑"实际上暗喻南宋朝廷里的投降派，他们阻挡了收复中原的步伐，成了南北统一的阻碍；也有人说比喻人间的各种黑暗。总之，作者把现实中无法解决的烦恼和苦闷，借超现实的手段一扫而光，这是一首充满浪漫主义色彩的词作。

把酒问姮娥：姮娥奔月

姮娥的典故出自《淮南子·览冥训》的"譬若羿请不死之药于西王母，恒娥窃以奔月，怅然有丧，无以续之"，高诱注释"恒娥"说："姮娥，羿妻。羿请不死之药于西王母，未及服之，姮娥盗食之，得仙，奔入月中，为月精也。"姮娥就是我们现在常说的"嫦娥"，因为"姮"本作"恒"，俗作"姮"，汉代因避汉文帝刘恒的讳，改称"常娥"，后来偏旁类化就成了"嫦娥"。姮娥的丈夫羿曾经向西王母请求不死之药，药拿到以后，还没来得及服用就被姮娥偷吃了。吃了不死之药的姮娥成了仙，飞升到了月亮上，成了月中仙子。

"月桂"的典故出自《酉阳杂俎·天咫》："旧言月中有桂，有蟾蜍，故异书言月桂高五百丈，下有一人常斫之，树创随合。人姓吴名刚，西河人，学仙有过，谪令伐树。"从地面上用肉眼望去，月亮中会有一些阴影，生活在地球上的人们就想象那是一些树影，"月中有桂"是人们幻想出来的一则神话故事。据说月亮中有一棵桂树，还有癞蛤蟆（蟾蜍）。桂树高达五百丈，树下面还有个人，他总是拿着斧头砍这棵树。但斧头砍下去，桂树的创口会马上愈合；愈合以后，树下的人继续砍，就这样一天又一天地砍着，无休无止。砍树的人是谁呢？为什么要这样做呢？原来他名叫吴刚，是西河人。据说他学仙的时候犯了过错，天帝就罚他在月宫中砍树。桂树是永远砍不倒的，所以每当我们仰望月亮时，都可以看到吴刚砍树的身影，岁岁年年，永永远远。

南乡子·登京口北固亭有怀

〔宋〕辛弃疾

何处望神州？满眼风光北固楼。千古兴亡多少事？悠悠。不尽长江滚滚流。

年少万兜鍪，坐断东南战未休。天下英雄谁敌手？曹刘。生子当如孙仲谋。

这首词开篇是一个自问自答，"何处望神州？满眼风光北固楼"。此时南宋与金以淮河分界，北望神州，那里已经是金所占领的领土。物是人非，不免让人兴起千古兴亡之感。"悠悠"既是指长江之水的流淌不尽，也指自己怀古思绪的无穷无尽。下阕写作者的思绪飞到三国时代，年纪轻轻的孙权统帅千军万马，雄霸东南，与曹操和刘备各据一方，三国鼎立。赤壁之战大败北方军队的时候，孙权才二十多岁。此时南宋也正是坐镇江南，然而与孙权相比，南宋朝廷只是一味苟且偏安，懦弱无能。末句典出《三国志》注引中曹操的话"生子当如孙仲谋，刘景升（刘表）儿子若豚犬耳"。曹操极力称赞孙权的韬略和才干，却对刘表的儿子刘琮非常鄙视，骂他们是猪狗之辈，把自己的土地白白送给了敌人。作者借此讽刺南宋朝廷也是刘琮一类的人物，让人不齿。近人吴则虞在《辛弃疾词选集》中说："全篇借古喻今，缘景即情，屡问屡答，而局势开辟。"

天下英雄谁敌手：曹操煮酒论英雄

根据《三国志》的记载，刘备有一次接受了汉献帝的命令，命他杀掉曹操。计谋尚未实施，有一次曹操跟刘备闲谈，说："如今天下的英雄，只有你和我两个人罢了。袁绍之流，不足以名列其中。"刘备当时正在吃饭，大惊失色，勺子和筷子都掉落在地。刘备担心曹操把他当作对手，当作英雄，这样的话，别说实现自己的政治报复了，就连命都会没的。《资治通鉴》记载此事时则增加了一些其他细节，"值天雷震"，正好天上打雷，刘备借机掩饰说："圣人说'迅雷风烈必变'（遇到巨雷和暴风，一定变容动色），看来真是这样。"机智的刘备借被雷声吓到将听到曹操的话才掉了勺子和筷子的缘故掩饰了过去，打消了曹操对自己的怀疑。后来曹操派遣刘备去截击袁术，许多人劝阻曹操说："不可派刘备率兵外出！"曹操意识到后，赶快派人去追，然而刘备已经顺利逃离，未能追上。到了《三国演义》里，这个故事就演变成了著名的"曹操煮酒论英雄"。

　　"生子当如孙仲谋"这句话也是出自曹操之口。裴松之注《三国志》时引用《吴历》，提到一个这样的故事。在汉献帝建安十八年（213）的时候，曹操率领大军进攻濡须口，和孙权的东吴军队相持不下。孙权率领水军包围曹操的军队，俘获三千多人，淹死的曹军也有好几千人。后来孙权几次挑战，曹操都坚守不出。于是孙权就乘坐一艘轻舟，从濡须口进入曹营。当时曹军诸将都以为是东吴这边的挑战者来了，正预备攻击。曹操说："这必定是孙权想要亲自来见识我的队伍。"他命令手下整顿队伍，不准随便发射弓弩。孙权行船五六里，回去的路上奏起鼓吹之乐。曹操远远看见对方的舟船队伍整肃精良，长叹一声说："生子当如孙仲谋，刘景升儿子若豚犬耳！（生儿子一定要生孙权这样的，刘表的儿子跟猪狗差不多）"孙权回到军营，给曹操写了一封信，说："春水上涨，曹公你应该速速归去。"又另附一张纸条说："足下您若是不死，我心不得安宁啊！"曹操对部下说："孙权不会欺骗我的。"于是就撤军回去了。

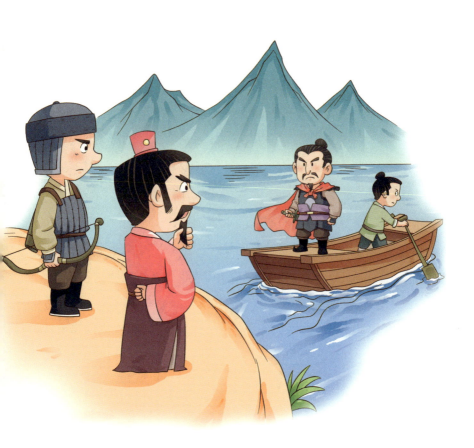

永遇乐·京口北固亭怀古

〔宋〕辛弃疾

千古江山，英雄无觅，孙仲谋处。舞榭歌台，风流总被，雨打风吹去。斜阳草树，寻常巷陌，人道寄奴曾住。想当年，金戈铁马，气吞万里如虎。

元嘉草草，封狼居胥，赢得仓皇北顾。四十三年，望中犹记，烽火扬州路。可堪回首，佛狸祠下，一片神鸦社鼓。凭谁问：廉颇老矣，尚能饭否？

这首词上阕主要是赞扬了在东吴开创霸业的一代雄主孙权和率领金戈铁马北伐、气吞万里如虎的刘裕。京口是孙权时期的重镇，也是刘裕出生成长的所在。站在京口北固亭的词人，必然不由得想起这些曾经叱咤风云的历史人物。"无觅"表示这样的人物如今已经被"雨打风吹去"，而刘裕曾经生长的地方也变成了"斜阳草树，寻常巷陌"，一片荒芜。如今国家风雨飘摇，又靠谁来力挽狂澜呢？下阕词人继续用典，对草率冒进的做法进行批判。"佛狸祠下"说明随着时间的流逝，被异族占领的百姓已经逐渐忘却了被侵伐的痛苦，南宋朝廷也习惯了苟安于南方。面对此情此景，词人回忆起自己四十三年前的抗金活动，不料南归后无所作为，让他十分愤懑痛心。最后词人以廉颇自况，表示自己虽然年老，但壮志和胆略不减当年，只是不知道朝廷会不会像当年赵王弃用廉颇一样，弃用自己呢？这首词感情真挚，悲凉慷慨，典故虽然用得很多，但都十分贴切。

廉颇老矣，尚能饭否：负荆请罪后的廉颇后来怎么样了？

    辛弃疾这首词涉及多个典故，多数是名垂青史的大将，也有功败垂成的帝王。

    "孙仲谋处"中的"孙仲谋"指的是三国时吴国的第一个皇帝孙权。他是孙坚之子，孙策之弟。和曹魏、蜀汉两国相比，孙吴所维持的时间最长，从229年建国，到280年才被西晋统一。在此之前，蜀汉已被曹魏所灭，接着曹魏又被司马氏所建立的西晋王朝所取代。曹操对孙权非常欣赏，曾说过"生子当如孙仲谋"的话。当时曹操和孙权在濡须口两军对峙，孙权个人的胆略和对军队的管理，都给曹操留下了深刻的印象。裴松之注《三国志》时不仅引了《吴历》，还引了《魏略》的另一种说法。据说在濡须口的时候，孙权是乘坐大船来观察曹军情况的。曹操就让弓弩手万箭齐发，箭都射到了孙权的船上，船的一面因为负重太多，几乎倾覆。孙权就让船打一个转，用另一面对着曹军。于是两边都扎满了箭，重量便趋于平衡。最后孙权从容回营。两个故事虽然细节有些不同，但都刻画了一个英雄孙仲谋的形象。后来到《三国演义》里，演绎成了诸葛亮草船借箭的故事。

    "人道寄奴曾住"中的"寄奴"是南朝刘宋高祖武皇帝刘裕的小字。根据《南史》的记载，刘裕是彭城县绥舆里人，东晋朝廷南

古诗词里的历史典故

迁，刘氏迁移到了晋陵丹徒的京口里，刘裕就出生在这里。成年以后，他身材高大，风骨奇伟，因为非常孝顺而闻名。他曾经到京口的竹林寺游玩，在讲堂前独自躺卧着。僧人们看到他身体上方出现五色龙纹，非常惊慌，他们把这个现象告诉了刘裕。刘裕一听，大喜。后来刘裕投身北府军，对内平定各割据势力，对外消灭南燕、后秦等国，军功卓著，总揽东晋军政大权，官拜相国，被封为宋王。永初元年（420），刘裕代晋自立，定都建康，建立了南朝第一个王朝宋。他励精图治，勤政爱民，被明代的李贽誉为"定乱代兴之君"。

"元嘉草草"中的"元嘉"是南朝宋皇帝宋文帝刘义隆的年号。刘义隆是刘裕的第三个儿子，是宋少帝刘义符的弟弟。因刘义符游戏无度，被朝中大臣废黜，改立刘义隆为帝。《南史》记载刘义隆身材魁梧，博涉经书，擅长隶书。元嘉元年，他正式即位，延续宋武帝刘裕的治国方针，经济文化都非常繁盛，史称"元嘉之治"。北魏曾经趁刘裕去世的时候大举南侵，侵夺了刘宋王朝的部分领土。刘义隆在位期间，曾几次北伐，试图收复失地。元嘉七年（430），他派到彦之率军北伐，一度夺回部分失地。可由于文帝指挥不当，宋军兵力不足，第一次北伐失败。元嘉二十七年（450），刘义隆又发动第二次北伐，由江夏王刘义恭担任主帅。这次刘宋再度失败。北魏的军队深入刘宋腹地，攻到了瓜步，甚至声称要打过长江。一时京城震动，人人畏惧。文帝登上烽火台眺望，非常忧虑，他对臣下说："北伐之计提出的时候，附和者本就很少。如今落到如此田地，给士族和百姓带来劳苦怨恨，都是我

的过错啊！"他下令馈赠给北魏军队百牢（古时祭祀牛羊猪各一头为一太牢，羊猪各一为一少牢）。北魏军队退回北方，但所过州郡，多被掠夺，不少地方成了一片荒地，百姓流离。元嘉二十九年（452），文帝发动第三次北伐，也是无功而返。

"封狼居胥"用的是西汉时期著名的军事家霍去病的典故。霍去病是汉武帝卫子夫皇后和大将卫青的外甥，和昭帝、宣帝时期的权臣霍光是同父异母的兄弟。司马迁在《史记·卫将军骠骑列传》中说他"凡六出击匈奴，其四出以将军，斩捕首虏十一万余级"，他六次出击匈奴，斩首十一万人，丝绸之路的开辟有赖于霍去病降服匈奴、占领河西走廊等地。司马迁又在《史记·匈奴列传》中记载他封狼居胥的过程。霍去病当时率军和匈奴左贤王交战，歼敌七万多人。左贤王逃之夭夭，霍去病率军追至狼居胥山，在这里举行了祭天之礼，在姑衍举行了祭地之礼。之后兵临瀚海，这才返回。此役之后，匈奴逃遁到了漠北，漠南再无他们的踪影。可惜霍去病英年早逝，去世时年仅24岁。汉武帝让他陪葬茂陵，谥"景桓侯"，表彰他英勇作战、功勋卓著的一生。

"廉颇老矣"中的"廉颇"是战国时赵国的名将，《史记》中有他和蔺相如的合传。廉颇在赵惠文王十六年，曾率军大破齐军，攻取阳晋，从而拜为上卿。不久完璧归赵的蔺相如后来居上，地位比廉颇高。为此廉颇非常不服气，几乎要和蔺相如决斗。但两人最终都能把国家之急放置于个人私仇之上，冰释前嫌，将相和好。

赵惠文王的儿子赵孝成王即位第七年，秦和赵在长平对决。这时赵国的另一位名将赵奢已死，蔺相如又病重。面对强敌，廉颇带领赵军采用固守的方法，不和秦军正面交战。两军僵持不下，秦人就用反间计，让赵王误认为秦国最怕的是赵奢那个"纸上谈兵"的儿子赵括，便让赵括替代廉颇。赵括替代廉颇为将后，被打得连连败退，赵军四十余万士卒被秦人坑杀，从此赵国元气大伤，一蹶不振。赵孝成王死后，他的儿子继立，又让乐乘代替廉颇为将。廉颇大怒，要攻击乐乘，乐乘吓得逃走。这样一来，廉颇自己也在赵国待不下去了，就跑到了魏国。

时间长了以后，廉颇发现魏国也不能重用自己，想回赵国。而赵国因为屡屡被秦军围困，也想再重用廉颇。但廉颇此时年事已高，犹豫不决的赵王就派了一个使者去查探，看老将是否还能再派上用场。廉颇见赵使的时候，当着他的面吃了一斗米饭，十斤肉，并披甲上马，表示自己身体硬朗，还可以打仗。然而廉颇的仇人事先用重金收买了使者，让他诋毁廉颇。收了贿赂的使者回去汇报说："廉颇将军虽然已经年老，但胃口很好，吃得很多。但是他和我坐在一起，没隔多久，上了三次厕所。"就这样，赵王觉得廉颇已经体衰不能担当大任，也就没有再召他回国。后来楚国把廉颇接了去，但也没有机会建立什么功劳。廉颇失去了为国报效的机会，郁郁而亡，死在楚国。

扬州慢·淮左名都

〔宋〕姜 夔

淳熙丙申至日，予过维扬。夜雪初霁，荠麦弥望。入其城则四顾萧条，寒水自碧。暮色渐起，戍角悲吟。予怀怆然，感慨今昔，因自度此曲。千岩老人以为有《黍离》之悲也。

淮左名都，竹西佳处，解鞍少驻初程。过春风十里，尽荠麦青青。自胡马窥江去后，废池乔木，犹厌言兵。渐黄昏，清角吹寒，都在空城。

杜郎俊赏，算而今，重到须惊。纵豆蔻词工，青楼梦好，难赋深情。二十四桥仍在，波心荡，冷月无声。念桥边红药，年年知为谁生。

词的上阕，开头三句表达自己对这个名都的向往之情。"过春风十里"两句写昔日的繁华城市如今已经全变成荠麦地了，尽是萧条荒凉的景象。"自胡马"三句交代了这是金兵的铁蹄践踏的结果。战争创伤是如此的深重，以至于"废池乔木"都痛恨谈论战争，何况是人。此时此刻，凄厉的号角在昏暗而寒冷的空城里回荡，仿佛是扬州城在呜咽哭泣。下阕大量化用杜牧的诗句，用"杜郎俊赏""豆蔻词工""青楼好梦""二十四桥"等昔日的美好繁华来反衬此刻的满目疮痍。这样的景象，即便杜牧重返，也一定会感到惊心，他再才华横溢，估计也"难赋深情"了。这首词清雅空灵，用今昔对比的反衬手法来写景抒情，写出了词人对扬州昔日繁华的怀念和对今日山河破碎的哀思。

二十四桥仍在，波心荡，冷月无声："二十四桥"是二十四座桥还是桥上有二十四位美人？

　　姜夔这首写扬州的词，大量化用了杜牧的诗作典故。杜牧善于撰写文章，通晓古今，果敢决断，性情刚正，敢于指陈时弊。

　　杜牧二十六岁考中进士。后来，淮南节度使牛僧孺请杜牧担任推官一职，后转为掌书记，负责公文往来的工作。这时杜牧居住在扬州，特别喜欢宴饮游赏。在这里，他创作了不少有关扬州的著名诗篇，让后人把他的名字和扬州紧紧联系在一起。提起扬州，必然想起杜牧这位唐代大诗人。比如下面三首就是姜夔此词中所化用到的，《赠别》："娉娉袅袅十三余，豆蔻梢头二月初。春风十里扬州路，卷上珠帘总不如。"《遣怀》："落魄江湖载酒行，楚腰纤细掌中轻。十年一觉扬州梦，赢得青楼薄幸名。"《寄扬州韩绰判官》："青山隐隐水迢迢，秋尽江南草未凋。二十四桥明月夜，玉人何处教吹箫。"

　　二十四桥又写作廿四桥，《方舆胜览》说隋朝时设置了二十四桥，并以城门坊市为名。北宋沈括的《梦溪补笔谈》记载"扬州在唐时最盛。旧城南北十五里一百一十步，东西七里三十步，可纪者有二十四桥"。沈括所说的"二十四桥"是指二十四座桥。

　　清朝李斗的《扬州画舫录》却认为"廿四桥即吴家砖桥，一

古诗词里的历史典故

名红药桥", 他又引《扬州鼓吹词序》说"是桥因古之二十四美人吹箫于此, 故名", 这大概是对杜牧的"玉人何处教吹箫"这句诗附会的结果。玉人吹箫本来讲的是先秦时的一个故事, 据汉刘向的《列仙传》记载, 春秋秦穆公时期有个人很善于吹箫, 名叫萧史。他吹箫的时候, 孔雀和白鹤都会飞到他的庭院中盘旋。秦穆公的女儿弄玉非常喜欢他, 穆公就把女儿嫁给了萧史, 并为他们建造了凤台。萧史在台上教弄玉吹箫。后来凤凰飞到家里, 夫妇二人就随凤凰飞走了。

而红药桥这个名称显然是来自姜夔这首词中的"念桥边红药, 年年知为谁生"。

过零丁洋

〔宋〕文天祥

辛苦遭逢起一经，干戈寥落四周星。

山河破碎风飘絮，身世浮沉雨打萍。

惶恐滩头说惶恐，零丁洋里叹零丁。

人生自古谁无死？留取丹心照汗青。

　　这首诗是文天祥被俘后为誓死明志而作。首联回顾他自己科举出身及之后的艰苦经历。"干戈寥落"当是指他奋力勤王，然而应者不多。颔联从"山河""身世"，即国家和自我两个方面来写当前的状况。当时宋朝处于风雨飘摇之中，而文天祥的家人或被俘或丧亡，自己恰如浮萍一般，孤独无凭。写到这里，国与家的苦难可以说述说到了极点。颈联承接颔联，追述自己在惶恐滩头惨遭兵败和当下被押送路过零丁洋的情形，前者是败军之将，后者是阶下之囚，这种"辛苦遭逢"真是让人悲愤难当。而在这种难堪情绪到达极点的时刻，尾联忽然以"人生自古谁无死？留取丹心照汗青"一联收尾，表现出文天祥的民族气节和舍生取义的生死观。诗人的赤胆忠心，照亮了千古史册。

人生自古谁无死？留取丹心照汗青：文天祥被俘始末

　　文天祥的事迹记载在《宋史·文天祥传》中。文天祥二十岁就中了进士，在集英殿上对答宋理宗的策问，不打草稿便对答如流，皇帝亲自选他为状元。后来多次因弹劾、讥讽奸臣被罢官。有一次他拜见故相江万里。江万里一向非常器重文天祥的志向、气节，谈及国事，感慨说："我老啦，天下即将发生大变。我见过的人很多，拯救时弊的责任，大概会落在你的身上吧？你可要尽力而为啊。"

　　宋恭帝德祐元年（1275），元军进逼，情况危急。皇帝下诏，号令天下勤王。文天祥捧着诏书，泪如雨下。他聚集了一万多人。朝廷让文天祥以江西提刑安抚使的身份受召入宫护卫。他的朋友劝阻他，让他不要羊入虎口。文天祥回答说："国家养育我们百姓三百多年，一旦有危急之事，征集天下兵马，竟然没有一人一骑响应，我对此实在是深感憾恨。我不自量力，打算以身相徇。希望天下忠臣义士能有人闻风而至，社稷江山或许还可以保全！"

　　后来，元军突然进攻文天祥所驻扎的地方，致使文天祥所带的军队被击溃，其妻妾子女也都被俘虏，只有他自己孤身逃脱。这就是所谓"惶恐滩头说惶恐"。

　　至元十五年（1278）十二月，文天祥被俘。元军命令文天祥下拜，文天祥不拜。元军首领张弘范觉得他有骨气，对他很客气，带他到厓山，让他写书信招降张世杰，天祥又不肯。张弘范坚持让他写，他就写了这首《过零丁洋》。张弘范看到诗末尾有"人生自古谁无死？留取丹心照汗青"的话，只好笑着放弃了。厓山被攻下以后，张弘范在军中置酒大会，跟文天祥说："国家已经灭亡，丞相忠孝已尽。假如您能用侍奉宋皇的心去侍奉当今元帝，您还能不失宰相之位。"文天祥流着泪说："国亡不能救，为人臣者怎么能逃避死亡，有背叛之心！"张弘范被感动了，派遣使者护送文天祥到大都。

文天祥在大都待了三年，始终不肯屈服。元世祖很敬佩他，想释放他，但考虑到他在中原的号召力和影响力，最终还是没有这么做。最后，元世祖召见文天祥，问他有什么愿望。文天祥说："我受大宋的恩泽，担任宰相，怎么能侍奉他朝。愿您赐我一死。"世祖终于同意了他的请求。但没一会儿又后悔了，急忙下诏阻止，但此时文天祥已死。文天祥临刑之前非常从容，对吏卒说："我的事情终于了结了。"说完，他面向南方跪拜，随之被处死。文天祥的衣带中有一篇赞文，上面写着："孔曰成仁，孟曰取义，惟其义尽，所以仁至。读圣贤书，所学何事，而今而后，庶几无愧。"意思是孔子说成就仁，孟子教导说取义，只要尽到自己的义务，那么所希望的仁德自然也就做到了极致。我们读圣贤书，学到了一些东西，从今往后，就几乎没有什么可惭愧的了。文天祥慷慨就义前写了这些话，就是把为民族和国家的命运而牺牲个人生命当成了仁的最高境界。

山坡羊·潼关怀古

〔元〕张养浩

峰峦如聚，波涛如怒，山河表里潼关路。望西都，意踌躇。

伤心秦汉经行处，宫阙万间都做了土。兴，百姓苦；
亡，百姓苦。

这首散曲先写自己路经潼关时候所看到的峰峦如聚、波涛如
怒的险峻的地形特点。潼关处于崇山包围之中，故而有"如聚"的
感觉。一个"聚"字把山势的动态给写了出来。而黄河的奔腾汹涌，
他又选了一个"怒"字，用比拟的手法把黄河人格化，是作者情感
和心绪的一种体现。潼关在西安附近，故而作者望向西都，"意踌
躇"，意思是忍不住心潮澎湃，思绪万千。长安曾经是多朝都城，西
周、秦、汉、隋唐等朝代都曾在此建都。它曾经也是红尘滚滚，盛世
繁华，但如今早已变成断壁残垣。这正是作者"意踌躇"的原因所
在。朝代盛衰兴亡的变化，让人触目惊心。而更大的"伤心"则是朝
代强盛的时候，统治者搜刮民脂民膏，大兴土木，修建无数华丽的宫
殿，秦代的阿房宫、汉朝的未央宫……百姓出钱出力，苦不堪言；一旦
改朝换代，这些盛极一时的宫阙又全都灰飞烟灭，而百姓又在朝代
兴替的战争中颠沛流离。真的是"兴，百姓苦；亡，百姓苦"。末句是
作者的感慨和总结，表现了作者对百姓深刻的同情和关怀。

伤心秦汉经行处, 宫阙万间都做了土: 阿房宫、未央宫、建章宫们的命运

　　根据《史记·秦始皇本纪》的记载, 秦始皇统一天下以后, 迁徙天下十二万户富豪人家到咸阳居住。每灭掉一个诸侯国, 就模仿该国宫殿在咸阳北面的山坡上进行仿造。还把从诸侯那里俘虏来的美人和获取的乐器放在那里。他在渭水南面建造了一座极庙, 又开通道路直达骊山; 还修建了甘泉前殿, 修筑甬道一直从咸阳连到骊山。又修筑了驰道, 以便让自己可以随时去往全国各地巡视。秦始皇在位三十五年的时候, 开始修筑阿房宫。先建前殿, 东西长五百步, 南北宽五十丈, 宫中可以容纳万人。当时受过宫刑和徒刑的有七十多万人被派去修筑这座宫殿, 还有人去营建骊山。关中总共建造了宫殿三百座, 关外建造了四百座。一直到秦始皇死的时候, 阿房宫都没有建完。

　　耗费了无数民脂民膏的这些宫殿, 其最后的下场如杜牧在《阿房宫赋》里所说:"戍卒叫, 函谷举; 楚人一炬, 可怜焦土!"《史记·项羽本纪》的记载是"居数日, 项羽引兵西屠咸阳, 杀秦降王子婴, 烧秦宫室, 火三月不灭; 收其货宝妇女而东", 项羽带兵进入咸阳, 屠戮百姓, 烧毁宫阙。因为秦所建宫殿极多, 所以大火烧了三个月竟然都没有熄灭。

　　拥有赫赫威名的西楚霸王项羽也没有成为最后的赢家, 秦

古诗词里的历史典故

的江山最终落到了刘邦的手上。之后，刘氏王朝也开始建筑自己的宫阙。根据《史记·高祖本纪》记载，长乐宫是刘邦所建，后来丞相萧何又营造未央宫。当时刘邦还因为宫殿过于奢华而生气，萧何告诉他"天子非壮丽无以重威"，意思是皇帝要通过这些高大巍峨的建筑来增强自己的威严。刘邦听了，这才高兴起来。到了汉武帝时期，因为国家富有起来了，他就开始变本加厉地大兴土木。根据《史记·孝武本纪》的记载，汉武帝建了甘泉宫、建章宫，还修缮、扩充了原来的宫室。其中建章宫的神明台，高五丈，上有铜仙人托着承露盘。武帝借此祈求长生不老。在未央宫西南，建章宫之北，有所谓太液池，池中有三山，象征传说中的瀛洲、蓬莱、方丈。

西汉末年，王莽篡权，赤眉起义。长安城的政权几度更迭，建章宫被拆，未央宫被焚，最终东汉光武帝刘秀定都洛阳，长安不再是汉的都城。但它的劫难并未结束，一直到东汉末年，董卓之乱，导致长安城中盗贼蜂起，百姓饿殍遍地，白骨累累。李傕、郭汜等人更放火焚烧宫殿，导致长安几成人间地狱。如此悲剧在后来的朝代更替中，仍然一次又一次上演着，难怪张养浩要发出"兴，百姓苦；亡，百姓苦"的千古一叹。

别 云 间

〔明〕夏完淳

三年羁旅客，今日又南冠。

无限山河泪，谁言天地宽。

已知泉路近，欲别故乡难。

毅魄归来日，灵旗空际看。

创作这首诗的时候，诗人自知将一去不复返，故而借此诗告别故乡。首联叙述自己跟随父亲和老师起兵抗清，漂泊三年，最终不幸被囚的经历。语言看似平淡，实深含悲辛和愤慨。颔联则直接抒发自己眼见江山落于满人之手的伤悲，面对破碎的山河，他不禁泪流满面。三年来他奋力抗清，可惜最终希望落空，他忍不住发出了充满悲愤的质疑："谁言天地宽？"颈联写他清醒地知道自己的结局，他最难舍的是故乡。他在外奔波多年，父亲已殉难，自己不能在母亲跟前尽孝，也不能照顾妻子，此刻自己亦准备捐躯，对家人不由得涌起无限的愧疚和难舍。尾联回到自己的志向上，抱定死后也要继续抗清的志向，表达自己的精忠报国的赤子之心。虽然夏完淳写此诗时只有十六七岁，但此诗慷慨悲壮，沉郁顿挫，风格已经非常老练。

三年羁旅客，今日又南冠：少年英雄夏完淳的抗清故事

夏完淳在父亲和老师的影响下，五岁读经史，七岁能诗文，且很早就游历名山大川，结交英雄豪杰。可以说年纪轻轻就博览群书，广交豪杰，重视气节。1645年，清兵下江南，夏完淳投笔从戎，跟随父亲和老师在松江起义抗清。兵败后，父亲夏允彝投水殉国。夏完淳追随老师陈子龙，出入太湖地区，继续从事抗清复明的活动。后来清兵包围太湖，义军再次失败。夏完淳逃脱后，志向并未改变。1646年，监国鲁王赐夏允彝为文忠公，授夏完淳为中书舍人。夏完淳上表谢恩，连同抗清志士名册交予使者，让他赴舟山呈给鲁王，结果中途被清兵拿获。降清的洪承畴奉命按名册缉拿抗清人员，抓获了夏完淳。

夏完淳被押解到南京以后，洪承畴亲自审问他，对他说："你不过是一个小孩子，懂得什么呢？只不过少不更事，误入盗贼之中罢了。如果你肯归顺，你还可以有官做。"夏完淳也不下跪，假装不知道对面这个审讯的官员就是洪承畴，说："我听说亨九先生（洪承畴之号）是一个英雄豪杰，他已经和清人血战而死。我年纪虽轻，但对他的忠烈非常仰慕。我也想杀身报国，效法他的壮举。"狱卒告诉他堂上审问他的就是洪承畴，夏完淳勃然变色，说："不要骗我，亨九先生殉国已久，天下没有人不知

道。当时皇上亲自祭奠，泪满龙颜，群臣呜咽。他是什么逆贼，敢冒充亨九先生的大名，侮辱忠魂！"洪承畴被说得羞愧难当，无话可说。

当时夏完淳的岳父也被俘，意志比较消沉。夏完淳还勉励他说："如今我和您慷慨赴死，可以见陈公于地下。我们就都是大

丈夫啦!"夏完淳被囚后的八十多天里,写了诗集《南冠草》。

著名戏剧家郭沫若还为这位少年英雄创作了一部历史剧《南冠草》。

"南冠"的典故出自《左传·成公九年》:"晋侯观于军府,见钟仪。问之曰:'南冠而絷者,谁也?'有司对曰:'郑人所献楚囚也。'"南冠本来指的是春秋时期楚国人所戴的帽子。鲁成公九年,晋景公到军中视察,看到了钟仪。就问:"那个头戴楚冠的囚犯是谁?"有司回答说:"这是郑国人献来的楚国囚犯。"晋景公让人释放了他,还召见并慰问他。钟仪按礼仪拜谢。晋景公问起他的出身来历,他回答说自己是一名乐师。晋景公问他能不能奏乐。钟仪说,这是自己的家族事业,岂能不懂。晋景公命人给了他一把琴,钟仪弹奏了一首南方的乐曲。晋景公又问了他楚王的情况,他的回答也非常得体。范文子评价他说:"这个楚囚是一个君子啊。他的行为表现说明他是一个仁、信、忠、敏之人。事情再大,他也能做好。君上何不放他回楚,让他成就晋楚两国的友好呢?"晋景公听从了他的建议。

夏完淳用"南冠"的典故来表明自己创作《别云间》这首诗时的身份,同时亦以古代君子钟仪自比,表达了自己的爱国气节。

满江红

秋 瑾

小住京华，早又是，中秋佳节。为篱下，黄花开遍，秋容如拭。四面歌残终破楚，八年风味徒思浙。苦将侬，强派作蛾眉，殊未屑！

身不得，男儿列，心却比，男儿烈。算平生肝胆，因人常热。俗子胸襟谁识我？英雄末路当磨折。莽红尘，何处觅知音？青衫湿。

这首词记录了秋瑾在北京居住期间的生活和感受，同时也对自己八年的婚姻生活进行了反思。上阕叙写自己婚姻生活的苦闷和时代环境的压抑。中秋佳节本是团圆的时节，但作者却不能回家乡，结婚八年多，都只能空自思念家乡的美好风光。而当时的中国，正处于风雨飘摇的状况之下，更增心情的苦闷。下阕表达自己不甘心在家庭里困守一生、渴望济世救国的豪情壮志。身为女子，秋瑾有比男子更为强烈的以身报国的决心。但作为旧式家庭里的已婚妇女，她又很难找到知音。这种身处乱世渴望报国的热忱，以及这种热忱被困缚和孤立的苦闷，无不从作者刚健清新、豪迈爽朗的文字里流露出来。清光绪三十年（1904），秋瑾终于摆脱家庭的束缚，东渡日本留学，投身革命，她先后参加过三合会、光复会、同盟会等组织。光绪三十三年（1907），她和徐锡麟准备起义时，由于事情泄露被捕殉难，实践了她以身报国的理想。

莽红尘,何处觅知音? 青衫湿: 江州司马青衫湿

　　白居易的《琵琶行》中有 "座中泣下谁最多,江州司马青衫湿" 的句子,是秋瑾这首词中 "青衫湿" 的用典出处。

　　青是唐朝文官八品、九品服饰的颜色,这是比较低的品级,所以后来人们就用 "青衫" 来泛指官职卑微或地位卑贱者。

　　唐宪宗元和十年(815)的时候,白居易被贬到九江当司马。十一年,他到溢浦口送一个朋友,遇到了一名琵琶女。这名琵琶女本是长安歌伎,曾经跟名师学习,名气很大。后来年长色衰,就嫁给了商人为妻。白居易吩咐摆酒开宴,让她弹奏几曲。女子的技艺果然精湛,大家都称赞她。女子弹奏完以后,叙述了自己的经历。年轻时候,因为弹奏技艺高超,京都富豪子弟争先恐后来献彩,弹完一曲收到的红绡不计其数。年长之后,兄弟从军,教管的阿姨去世了,来往的顾客也是稀稀落落的。后来嫁给商人,但是商人重利不重情,常常轻易分别,留自己一人在江口孤独生活。听到琵琶女的遭遇,白居易深感两人身份虽然不同,命运却非常相似,所谓 "同是天涯沦落人,相逢何必曾相识"。

　　白居易也叙说起自己从去年离开了京城,遭贬来到浔阳的经历。他到了浔阳,一直卧病在床。这里地处偏僻,又在溢水附近,低洼潮湿,荒凉孤独。一年到头,没有什么佳物和乐声,只有

黄芦苦竹，杜鹃啼血，猿声哀切。即便面对"春江花朝秋月夜"的良辰美景，也只能取酒独饮。纵然有山歌和村笛，也是单调、难听之极。此刻听了这琵琶声，简直比天上仙乐还动人。琵琶女听了白居易的叙说后，心中有所触动，站了很久，终于坐下，琵琶声再响起时，却显得更加急促凄切，听得满座的人泪如雨下。这些人中间，独有白居易的泪最多，身上的青衫都湿透了。